Cécile Tlili

Ein Sommerabend

Cécile Tlili

Ein Sommerabend

Roman

Aus dem Französischen
von Norma Cassau

KEIN & ABER

1. Auflage Mai 2024
2. Auflage Juli 2024
3. Auflage Juli 2024
4. Auflage Juli 2024

Die Originalausgabe erschien 2023 bei Calmann-Lévy, Paris
Un simple dîner by Cécile Tlili

Deutsche Erstausgabe

Coverillustration: Daniel Müller, illumueller.ch
Coverdesign: Maurice Ettlin
Satz: satz-bau Leingärtner, Nabburg
Druck und Bindung: GGP Media GmbH, Pößneck
ISBN 978-3-0369-5033-4
Auch als eBook erhältlich

www.keinundaber.ch

1

Claudia lehnt sich gegen die Küchenwand. Die am Tag vom Gips gespeicherte Wärme breitet sich in ihren Hüften, Schulterblättern, Schultern aus. Ihr Kopf sinkt nach vorne, unendlich schwer. Beim Anblick der quer über ihren Ausschnitt verteilten Rötungen lässt sich Claudia noch etwas schwerer in die Wand sinken, die Flecken ihrer vom Einreiben des Hühnchens fettigen Hände auf der weißen Wand sind ihr gleichgültig.

Die Küche ist zum Ersticken. Es ist beinahe acht Uhr abends, aber die Sonne dringt immer noch zwischen den Lamellen der Fensterläden hindurch, um ihr die Haut zu verbrennen. Oder vielleicht macht das Curry aus dem Raum einen Backofen. Was hat sie sich dabei gedacht, bei diesen Temperaturen ein warmes, scharfes Gericht zuzubereiten. Étienne hatte ihr doch gesagt, ein Salat würde genügen.

Étienne tritt zu ihr. »Sie kommen bald, Claudia. Warum gehst du nicht duschen.«

Er selbst ist frisch und sauber. Er legt seiner Lebensgefährtin eine Hand an den Hals. Als er spürt, wie ihre Arterie gegen seinen Daumen pulsiert, fragt er ungläubig: »Hat dich das Kochen so mitgenommen? Du solltest duschen gehen, das wird dir guttun.«

Die Hand gleitet vom Hals zum Nacken, um den er vorsichtig seine Finger legt, Claudia unmerklich in Richtung Flur und Badezimmer dirigierend. Schmaler Hals. Der Hühnerhals ist im Müll gelandet, mit den Innereien. Der Metzger besteht immer hartnäckig darauf, ihr alle Teile eines Viechs mitzugeben, und jedes Mal aufs Neue muss sie einen Moment verwundert diese Fremdkörper im Fleisch mit der orangen Haut betrachten: die glänzende und dunkle Oberfläche der Organe, die Krümmung des Halses, die Krallen, nunmehr harmlos.

»Ja, ich gehe.«

Claudias nackter Körper im Badezimmerspiegel ist ein Mosaik aus Krebsrot und Weiß. Sie hat fast drei Stunden in der Küche gestanden. Hat dünne Scheiben aus Zwiebeln geschnitten, deren Geruch sich an ihren Händen festgebissen hat und sie nicht loslassen will. Hat Karotten und Zucchini gewürfelt, Rosinen in Wasser eingelegt, Öl in heißen Pfannen zum Sieden gebracht. Kaum dass sie ein paar Minuten dem Dampf der Töpfe entkommen konnte, hat sie sich vom ordnungsgemäßen Zustand der Wohnung überzeugt, Kissen aufgeklopft und

Dekoration zurechtgerückt. Der Tisch ist hübsch eingedeckt, wie in einer Puppenstube. Überall im Salon hat sie Schälchen mit Pistazien und Oliven platziert.

Claudia dreht den Temperaturregler der Dusche auf kalt, in der Hoffnung, der eisige Strahl wasche nicht nur ihren nach Curry und Knoblauch riechenden Schweiß ab, sondern mit ihm die grässlichen roten Flecken. Sie schaut dem Wasser nach, wie es zwischen ihren Brüsten hindurchrinnt, über den schon leicht gewölbten Bauch, dann die Beine hinab und in den Abfluss. Den Blick auf die Venen gerichtet, die sich unter der durchscheinenden Haut ihrer Füße schlängeln, spürt sie etwas wie Scham in sich aufsteigen. Die erste echte Begegnung mit Étiennes Freunden, und sie wollte die perfekte Gastgeberin spielen. Ohne darüber nachzudenken, hat sie diese Rolle an sich gerissen. Das Ambiente sollte perfekt und das Abendessen köstlich sein, und nun ist sie an der Reihe, sich schön zu machen. Denn selbstverständlich ist es das, was Étienne in Wirklichkeit erwartet: »Geh doch duschen, das wird dir guttun«, heißt »sei vorzeigbar, mach dich hübsch, so hübsch wie das Dekor«.

Vom Rubbeln mit dem Handtuch kribbelt ihre Haut. Unter der kalten Dusche hat sich das Rot von ihren Wangen zurückgezogen, kehrt aber beim

Gedanken an das bevorstehende Treffen umso heftiger zurück. Claudia schlüpft in ein schwarzes Kleid. Sie schminkt sich, unter der Grundierung versucht sie, die knallroten Flecken, die sich weiter in ihrem Gesicht ausbreiten, verschwinden zu lassen. Sie denkt darüber nach, noch einmal unter die Dusche zu gehen – ihr ist, als nähme sie neben dem Eisenkrautgeruch der Seife noch einen Hauch von Curry wahr, aber es ist zu spät, die Gäste sind im Anmarsch.

Sie mustert sich im Badezimmerspiegel, und sie sieht sich, wie Étiennes Freunde sie sehen werden: eine fade und unbeholfene Frau, eine Frau, die nichts zu sagen hat, eine Frau, die er wahrscheinlich wegen ihrer Hausfrauenqualitäten gewählt hat, keine, die ihn in den Schatten stellen könnte. Gewissenhaft und dumm hat sie alles dafür gegeben, dieser Karikatur zu entsprechen und sich als Gegenteil dessen zu präsentieren, was seine Freunde sind und wie sie selbst hätte wirken wollen: immer in Eile, immer viel Arbeit, keinesfalls fünf Minuten Zeit, um sich mit Alltagsdingen zu befassen, getrieben von ihrem Job und dem Leben in Paris.

Sie hätte sich vorher zurechtlegen sollen, was sie ihnen sagen, wie sie sich geben will. Sie hätte an ihrem Auftreten arbeiten können, statt so viel Zeit mit der Deko zu verplempern.

Claudia, die Blasse. Was sie so oft gehört hatte, würde sie jetzt gerne geschehen lassen. Verblassen, verschwinden. Sich nicht den neugierigen oder gleichgültigen Blicken aussetzen, sich die Peinlichkeit ersparen, in den Augen ihrer Gesprächspartner Langeweile aufziehen zu sehen, sobald sie zu sprechen beginnt. Natürlich kann sie sich auch immer fürs Schweigen entscheiden: schweigen, lächeln, lachen, wenn die anderen scherzen. Sie weiß aber auch, dass ihr Urteil dann umso unerbittlicher ausfallen wird, Claudia, das Vorzeigepüppchen, die Belanglose.

Sie setzt sich zu Étienne aufs Sofa. Er arbeitet an mitgebrachten Akten. Ohne aufzusehen, drückt er Claudia an sich, seine Hand ist so groß, dass sie um ihren halben Brustkorb reicht. Seine Finger klimpern auf und zwischen Claudias Rippen herum. Schwarze Taste, weiße Taste, weiße Taste, schwarze Taste. Seine Finger begleiten Claudias Herzschlag im Presto. Sie würde ihn gerne bitten, ihr etwas über Johar und Rémi zu erzählen – was sie außerhalb ihrer Arbeit machen, was sie mögen. Vielleicht ist noch Zeit, sich auf die Begegnung vorzubereiten. Aber Étienne würde sie nicht verstehen, nur erstaunt von seinen Verträgen aufblicken und sie auffordern, ihnen die Fragen doch selbst zu stellen.

Unruhig steht Claudia wieder auf und geht zurück in die Küche. Im Flurspiegel mit der Krone aus Gipsfrüchten und Trauben schaut die Frau im schwarzen Kleid sie durch braune Strähnen hindurch an, anstelle eines Gesichts – ein Feuerball.

2

Johar spaziert durch den Abend. Sie hat den Fahrer gebeten, sie einige Blöcke vor Étiennes Haus abzusetzen. Sie braucht etwas frische Luft, bevor sie sich für den Rest des Abends wieder hinter verschlossene Türen begibt. Sie geht langsam, sie hat es nicht eilig, bei diesem Abendessen zu sein, das überraschend kam und sie jetzt schon langweilt. In aller Ruhe füllt sie ihre Lungen mit dem schweren Sommerabendduft. Hier sind die Straßen breit. Über einige Fenster spannen sich gestreifte Marquisen, die sich sanft in der Brise wellen. Das Rauschen der Bäume begleitet ihre Schritte, die Blätterkronen formen über ihrem Kopf einen schützenden Bogen.

Sie ist nun am Boulevard Raspail angekommen, bei Étiennes Haus. Johar setzt sich auf eine Bank. Sie atmet ein. Am Himmel sind ein paar graue Schleier aufgetaucht. Windstöße treiben spielerisch trockene Blätter vor sich her und drücken ihren warmen Atem gegen ihren Mund. Es bräuchte endlich ein Gewitter, einen Regen, der die Feuchtigkeit des späten Augusts auflöste und den Schweiß und die Müdigkeit der Tage wegschwemmte. Sie lässt sich mit dem Kopf hintenüberfallen. Das Blattwerk der Platanen schneidet über ihren Augen ockerfarbene geometrische Formen ins Himmelblau, die sie an die Stereogramme ihrer Jugend erinnern. Sie denkt, wenn sie wie damals nur lange genug auf die abstrakten Muster starrte, würde sich vielleicht ein verstecktes dreidimensionales Bild daraus formen.

Zu gerne würde sie den Abend auf der Bank verbringen und dem Straßenkino zusehen. Sie sieht überhaupt nichts mehr von der Stadt. Das Monster aus Granit und Beton, in dem sie arbeitet, verlässt sie nur im Tausch gegen die angenehme Wohligkeit der Limousine, die sie zu ihrer großen Wohnung in einem westlichen Pariser Vorort bringt. Sie kommt heim, duscht, verbringt manchmal Zeit mit Rémi, meistens aber Zeit alleine, wenn Rémi nicht mehr auf sie warten wollte und alleine ausgegangen ist oder schon schläft.

Sie geht überhaupt nicht mehr nachts draußen spazieren. In dem Geschäftsviertel, wo sich ihr Leben abspielt, gibt es keine Nacht. Es gibt keine Gerüche, keine sich verlangsamenden Schritte. Und gegen das intensive Grau kann die Klarheit der Sommerabende nichts ausrichten. Einige magere Bäume, mit den Wurzeln verfangen zwischen grässlichen steinernen Zahnstummeln, wollen sich den Blicken entziehen, als schämten sie sich, ein Störfaktor in der mineralischen Monotonie der Stadt zu sein. Johar sieht sie nicht mehr. Den Blick auf den Boden geheftet, klackert sie mit ihren quadratischen Absätzen über die Granitplatten – spitze Absätze würden in den Fugen stecken bleiben und sie die Knöchel kosten. Wie alle Frauen dort trägt sie dunkle Blazer und glättet ihr Haar. Niemals hebt sie den Blick zu den Spitzen der Glas- und Stahltürme. Sie rennt von einem Termin zum nächsten, die Kopfhörer immer im Ohr.

Johars breiter Hintern bildet auf der Bank ein bequemes Kissen. Während des Urlaubs hat sie zugenommen, hat sich zu viel gegönnt. Wenn das höllische Tempo ihrer Arbeitstage etwas Gutes hat, denkt sie, dann dass es sie von Süßigkeiten fernhält. Sie hätte jetzt gerne ihre Beine angezogen und die Knie gegen den Oberkörper gedrückt, wie Jugendliche es gerne tun – eine Haltung, die sie glaubte, vergessen zu haben. Aber der Blazer ist zu eng. Es war der einzige Blazer, in den sie heute Morgen hineingepasst hat, eigentlich zu warm für diese Jahreszeit, aber für den Lunch mit dem Vorstandsvorsitzenden, mit Carl, passender als die Kleider, die ihre sommerlichen Rundungen nur betont hätten.

Sie muss eine Diät machen. Im Grunde hat sie heute schon damit begonnen, obgleich ungewollt: Sie war während des Mittagessens zu nervös, um einen Bissen hinunterzubekommen. Jetzt ist sie hungrig, und ihr ist heiß. Die Müdigkeit drückt sie auf diese Bank am Boulevard Raspail nieder. Johar hat das Gefühl, niemals mehr aufstehen zu können. Sie weiß, dass sie tausend Dinge zu tun hat – zu diesem Abendessen hasten, wo ihre Verspätung schon an Frechheit grenzt, über die Entscheidung nachdenken, um die Carl sie gebeten hat, Carl anrufen, um ihm ihre Entscheidung mitzuteilen. Aber sie lässt all diese Gedanken von sich weggleiten und gibt sich der beruhigenden Lähmung hin, die sie ergreift.

Johar nimmt sich Zeit. Sie schindet Zeit. Sie lehnt sich zurück, fühlt, wie die warme, stickige Luft sie umweht. Sie macht eine kleine Bewegung mit der Hand, wie um die gewitterpralle Blase, die sie umgibt, platzen zu lassen. Sie lauscht dem Geräusch der Schritte auf dem Asphalt, macht sich einen Spaß daraus zu erraten, zu wem jener schnelle und fröhliche Gang gehört, dreht sich langsam, um ihr Bild des Passanten mit der Realität abzugleichen. Sie stellt sich vor, sie hätte sich in eine Eule verwandelt und würde nun, auf ihrem Ast im Wind schaukelnd, die Menschen beobachten.

Auf dem Boulevard Raspail ist nur das Säuseln von ruhigem und sittsamem Leben zu hören. Pärchen im Sonntagsstaat entweichen den Gebäuden am Straßenrand. Johar überlegt, wie es wäre, könnte sie das Schnurren der in Gang kommenden Konversation in Étiennes Wohnung hören, indem sie die Ohren spitzt. Sicher plaudern sie über Kunst, Kultur und Reisen und lächeln dabei zufrieden. Während der Fahrt mit dem Taxi ärgerte sie sich darüber, dass Rémi sie zu diesem Abendessen gedrängt hat, aber jetzt sieht sie, dass sie der Einladung immerhin diesen gestohlenen Moment verdankt – wahrscheinlich der letzte für lange Zeit. Der letzte vor dem großen Sprung.

Könnte man sie doch nur auf dieser Bank vergessen.

Ihr erlauben, diesen Augenblick, der am Zweig einer Platane hängt, auszudehnen. Sie mit Eulenaugen die brodelnde Stadt betrachten lassen.

Ihr Telefon vibriert. Es ist Rémi. Viertel nach Neun. *Alles gut*, tippt Johar ihrem Mann als Antwort. *Bin unterwegs.*

3

Claudia hört das Klappern der Absätze im Treppenhaus. Sie drückt ihre Hand fest auf den Bauch.

Rémi ist schon seit einer guten Weile da, aber nach den üblichen Begrüßungsfloskeln ist es ihr gelungen, sich in die rettende Einsamkeit der Küche zu flüchten. Er hat ihre roten Wangen bemerkt, natürlich, er hat über ihre roten Wangen gescherzt, getan, als wäre es ihm unangenehm, die beiden, Étienne und sie, gestört zu haben, im Streit oder beim Liebesspiel, sie hat es nicht begriffen, zu hoch oder zu vulgär für sie, aber nachfragen wollte sie nicht, also hat sie nur gelacht und gemerkt, wie die Flecken in ihrem Gesicht ins Hahnenkammrot wechselten.

In Wirklichkeit gibt es in der Küche nichts mehr zu tun. Das Essen ist fertig. Durch die Glaswand zwischen Küche und Salon kann Claudia die beiden Männer sehen, denen ihre Abwesenheit nicht weiter auffällt. Sie schiebt sich hinter den Tresen, der den Raum teilt, erleichtert, außer Sichtweite zu sein. Sie macht noch ein paar Schritte rückwärts, bis sie hinter sich die vertraute Wärme der Wand beim Fenster spürt. Das große Schachbrettmuster am Boden breitet sich von ihren Füßen bis hin zur Glaswand aus. Sie hat die Partie schon verloren, Dame ohne Deckung.

Sie versucht, sich vom Singsang der beiden Männerstimmen davontragen zu lassen und das unmittelbar bevorstehende Eintreffen von Johar zu vergessen, zu vergessen, dass sie gleich aufgestöbert werden wird. Étiennes Stimme sticht besonders heraus, sie ist höher, nasaler. Von Rémi sind nur kurze und enthusiastische Zwischenrufe zu vernehmen. Wie Kläffen, denkt Claudia. Sie lauscht Rémis Schmatzgeräuschen nach jedem Schluck Whisky. Sie wünscht sich, sie dürfte auch ein bisschen von ihrer Angst mit Alkohol verdünnen.

Sie hatte den beiden Männern Gläser gebracht, und bevor sie wieder in ihren Unterschlupf flüchten konnte, hatte Étienne sie am Handgelenk festgehalten, in einer diskreten Geste seines Besitzanspruchs. Er wandte ihr sein Gesicht mit der unwiderstehlichen Mischung aus Kanten und weichen Linien zu und strahlte sie im Vorbeigehen mit seinem mondänen Lächeln an. Sie weiß nicht, ob er sich über ihre Angst lustig machte, die immer spürbarer wurde, je näher Johars Eintreffen rückte, oder ob er darüber hinwegtäuschen wollte, wie unangenehm ihm die Unbeholfenheit seiner Partnerin war.

Von ihrem früheren und bisher einzigen Zusammentreffen mit Johar hat Claudia nur noch das laute und raue Lachen in Erinnerung, das eine breite Lücke zwischen den Vorderzähnen entblößte. Der Rest des Abends ist in ihrem Kopf wie mit einer Watteschicht überzogen, ohne dass sie wirklich sagen kann, ob ihr Gehirn diese nachträglich eingefügt hat, um die schmerzende Wunde abzudecken, die der Ablauf des Abends hinterlassen hatte, oder ob ihre Kopfschmerzen sie damals alles nur gedämpft hatten empfinden und wahrnehmen lassen.

Es war ganz am Anfang ihrer Beziehung mit Étienne gewesen, vor etwas über zwei Jahren. Damals, als er noch nicht zulassen wollte, dass sie sich in ihrer Schüchternheit einmauerte, als er noch verliebt genug gewesen sein muss, oder mindestens stolz genug, sie erobert zu haben, und sich darum wünschte, dass sie seine Freunde kennenlernte. Mit der gleichen Hartnäckigkeit, mit der er seine junge Physiotherapeutin erst davon überzeugt hatte, mit ihm etwas trinken zu gehen, dann, einen ganzen Abend mit ihm zu verbringen, bevor sie schließlich bei ihm einzog, hatte er sie dazu gebracht, ihn zu einer Geburtstagsparty zu begleiten, die einer seiner Freunde in einer Pariser Bar ausrichtete. Claudia hatte sich den ganzen Tag eingeredet, dass es in einer großen Gesellschaft leichter wäre, unentdeckt zu bleiben, und hoffte, ein schummeriges Eckchen zu finden, wo sie unauffällig abwarten könnte, bis die Zeit um war. Étienne hatte sie nach der Arbeit bei ihr abgeholt, und sie waren unter den letzten Eintreffenden gewesen. Mit einem Blick hatte sie erfasst, wie hoffnungslos ihre Vorstellung gewesen war, sich verstecken zu können. Keine Bank, auf der sie sich niederlassen konnte, stattdessen vier bereits lückenlos in Beschlag genommene Stehtische. Überall Grüppchen, Stirn an Stirn und Champagnerglas an Champagnerglas, alle mit lautem Gerede die Musik übertönend und von den herumgereichten Tabletts mit den goldgelben Köstlichkeiten immer eines in Griffweite.

Étienne, der sich letztlich lieber mit seinen Freunden amüsierte, als Claudia herumzuzeigen, hatte sie buchstäblich in Johars Arme befördert und sich dann zu einer Gruppe gesellt, die ihn mit exaltiertem Gegacker empfing. Sie einander vorstellend, schrie er über den Lärm hinweg: »Claudia, das ist Johar, Rémis Frau, ich habe dir von ihr erzählt, ihr werdet euch lieben, Johar ist brillanter und authentischer als alle Frauen, die ich kenne.«

Über mich gibt es nichts zu sagen, ging Claudia durch den Kopf.

Johar hatte Claudia daraufhin einen Arm um die Schulter gelegt, und in der Spontaneität dieser Umarmung, in der Offenheit dieses Lächelns mit Zahnlücke lag eine beinahe mütterliche Wärme, in die sich Claudia, einem ersten Impuls nach, gerne hineingeschmiegt hätte.

»Claudia, Claudia, endlich ein Gesicht zu diesem Namen, den ich so oft gehört habe! Ich dachte schon, Étienne versteckt dich, aber jetzt verstehe ich, warum. Er hat einen Schatz gefunden!«, hatte Johar ausgerufen und war dann in ein überwältigendes Lachen ausgebrochen.

Mit einfältiger Vertrauensseligkeit hatte Claudia die Schmeicheleien vernommen und geglaubt, darin eine aufrichtige Note zu hören. Mit derselben Schwäche, die sie glauben machte, in Étiennes Augen Liebe, vielleicht sogar Bewunderung zu erkennen, mit derselben Eitelkeit, die sie denken ließ, dass er sie ausgewählt habe, weil er unter den Schichten aus Schüchternheit und Zurückhaltung eine Goldader erahnte, hatte sie gedacht, dass Johar sie erkannte. Kurz hatte sie sich vorgemacht, sich Johar öffnen zu können.

Aber dann näherte sich ein Mann und flüsterte Johar etwas ins Ohr, woraufhin diese rief, »was? was?«, wobei sich das zunächst gegen Claudia zu richten schien, und Claudia, die nicht sagen konnte, ob Johar den Mann aufforderte, seine Worte zu wiederholen, weil sie ihn schlecht hörte, oder ob sie damit nur ihrer Überraschung Ausdruck verlieh, lächelte dümmlich – und plötzlich stürzte sich die brüllende Musik auf sie, Johar hatte ihr Gesicht ganz abgewendet und ihren Arm von Claudias Schultern genommen. Das Gefühl des Verlassenwerdens schnürte Claudia die Kehle zu, und die Lächerlichkeit ihrer Lage treibt ihr noch heute die Röte ins Gesicht.

Alleine, nun von Johars Ankerplatz wegdriftend, wo sie sich kurz in Sicherheit gewähnt hatte, ließ sich Claudia traurig durch das Meer der Feiernden treiben, hin und her geworfen zwischen der nervösen Bedienung und den Gästen, deren strahlendes Lächeln nie ihr galt. Vielmehr hatte Claudia das Gefühl, dass diese Unbekannten sie jetzt peinlich berührt anschauten. Ich stehe als Einzige alleine herum, dachte sie und suchte dämlich, Haltung zu bewahren, tat, als würde sie ihr Telefon checken, während auf ihre Konsternierung über das Stehengelassenwerden Wut und ein Gefühl der Demütigung folgten, die in ihr einen pochenden Kopfschmerz auslösten. Étienne beachtete sie natürlich nicht, Étienne, der sie umgarnt hatte, damit sie einwilligte, sich dieser Pein auszusetzen. Was Rémi betraf, den sie bei verschiedenen Gelegenheiten zuvor schon getroffen hatte, so nickte er ihr lediglich kurz lächelnd zu und machte sich nicht einmal die Mühe, sie aus der Nähe zu begrüßen. Alle segelten in gleitenden Bewegungen um sie herum, bildeten Gruppen, gingen wieder auseinander, mit klirrenden Gläsern, als wären sie Teil einer Choreographie, in deren Leitmotiv einzig Claudia nicht eingeweiht war. Besonders Johars Körper zog ihren Blick an, denn er schwebte, obgleich voluminöser als ihrer, wie durch Wasser, als wäre er durch seine Rundungen und das den Kopf wie ein Helm umgebende, dicke braune Haar vor Zusammenstößen geschützt. Immer wieder hörte Claudia das schallende Lachen, wagte aber nicht hinzusehen, aus Angst, diese Frau könnte entdecken, dass Claudia seit dem kurzen Austausch mit ihr keinen neuen Gesprächspartner gefunden hatte, und Mitleid empfinden.

Sie hatte sich daraufhin geschworen, sich nie mehr in solche Situationen bringen zu lassen, hatte Étienne mit für ihn ungekannter Entschlossenheit Widerstand geleistet und jede weitere Einladung abgelehnt. Er dürfe gerne ausgehen, so viel er wolle, nur eben ohne sie. Das tat er dann auch.

Als Étienne ihr vor wenigen Tagen eröffnete, er habe Rémi und Johar zum Abendessen eingeladen, war sie Étienne mit eben dieser Entschlossenheit gegenübertreten. Er hatte noch nie jemanden eingeladen, seit er mit Claudia zusammenlebte, in ihren Augen Bestandteil einer unveränderbaren Übereinkunft – sie kümmerte sich lächelnd um ihn und den Haushalt, solange er sie in ihrer Festung keiner Gefahr aussetzte. Vor allem nicht, indem er Johar Zutritt verschaffte. Johar, die er brillant und authentisch fand, Johar, die viel zu intelligent war, sich für sie zu interessieren, Johar, die alles war, was sie nicht war.

Aber diesmal hatte Étienne nicht lockergelassen. Zu ihrer Verwunderung war er sogar laut geworden. Schließlich sei das hier sein Zuhause, und sie habe keine Wahl, es handele sich um ein wichtiges Abendessen, ein Geschäftsessen, bei dem wichtige Leute Dinge besprachen, die zu erklären er sich zwar nicht die Mühe machte, die Claudia aber als absolut übergeordnet anerkennen musste. Und nein, es könne auch nicht woanders stattfinden, Johar habe keine Zeit, jemanden bei sich zu empfangen (im Unterschied zu mir, die nichts anderes zu tun hat, hörte Claudia heraus), außerdem gehe sie seit einiger Zeit nicht mehr aus. Man müsse sie nach Hause einladen, wollte man sichergehen, dass sie kommt.

Claudia hatte nur nicken können und versucht, ihre Ängste in einer Currysauce zu ertränken.

4

Schon als sie die Wohnung betritt, haut der Geruch Johar um. Ella Fitzgeralds Stimme, die sie empfängt, und die sanfte Beleuchtung in allen Räumen wollen ihr weismachen, sie hätte soeben eine Oase der Eleganz und Diskretion betreten. Der dominante Essensgeruch steht allerdings im Gegensatz dazu.

Während Étienne Johar überraschend herzlich umarmt, denkt sie an ihre erste Pariser Wohnung in der Rue Cail, unweit der Gare du Nord. Die Wände waren so dünn, dass von den Nachbarn jedes Wort, zum Glück meistens in einer fremden Sprache, zu ihr herüberdrang, dass jeder Schritt von draußen zu ihr hochschallte und jede Waschmaschinenumdrehung in den angrenzenden Wohnungen sie wie eine Welle mitriss und ihren Kopf durch den Sand spülte. Essensgeruch überall, im Hausflur und vor jedem Restaurant. Johar hatte ihn am Ende nicht mehr wahrgenommen und stattdessen nur unauffällig an ihrer Ellenbogenbeuge geschnüffelt, bevor sie im Büro ankam, um sicherzugehen, dass ihr der Geruch nicht anhaftete. Aus dieser Zeit in der Rue Cail hatte sie die Angewohnheit bewahrt, keine stark gewürzten Mahlzeiten zu essen, selbst von ihrer Mutter erwartete sie, dass diese zwei verschiedene Saucen vorbereitete, wenn sie einmal, was selten vorkam, zum Essen bei ihren Eltern blieb, eine Sauce nach ihrer üblichen Art und die andere geschmacksneutral, speziell für ihre Tochter.

Johar wirft einen Blick zur tadellos gedeckten Tafel im Esszimmer und betritt den Salon. Rémi nickt ihr vom Sofa aus zu. Sie fragt sich, ob ihn die weichen Kissen oder der Alkohol davon abhalten, aufzustehen, um sie zu begrüßen.

»Claudia, kommst du Johar Guten Tag sagen«, ruft Étienne. Johar will loslachen, als sie hört, dass er mit seiner Lebensgefährtin spricht wie mit einem Kind, aber es bleibt ihr im Hals stecken, als Claudia auf sie zukommt und sie ihre verschlossene Miene sieht. Ihre Gesichtszüge sind angespannt, auf den Wangen und am Hals prangen rote Flecken, ihr Blick verbirgt sich hinter ihrem streng geschnittenen Haar.

»Hallo, Claudia, wie geht es dir?«, fragt Johar, wobei sie Mühe hat, die Person vor sich mit derjenigen zusammenzubringen, die ihr von ihrer ersten Begegnung im Gedächtnis geblieben war, nämlich eine hochgewachsene, auf feine Art zurückhaltende Dunkelhaarige, die sie damals hoffen ließ, dass Étiennes Frauengeschmack sich entwickelt hätte – Étienne, bei dem sich bis dahin blonde Referendarinnen, noch ganz rosa hinter den Ohren, die Klinke in die Hand gegeben hatten.

»Danke, gut, und dir?«, fragt Claudia wie ein wohlerzogenes Mädchen zurück.

»Langer, harter Tag. Ich bin müde. Entschuldigt meine Verspätung. Ich habe Rémi vorgewarnt, dass es gefährlich sein könnte, direkt nach der Sommerpause ein Abendessen zuzusagen, da ist immer viel los, aber er meinte, mit alten Freunden kann man sich kleinere Unhöflichkeiten erlauben. Also, da bin ich, zu spät und mit leeren Händen … Aber ich freue mich auf den Abend mit euch, ihr seht so sommerlich frisch aus. Verlängern wir doch einfach den Urlaub noch ein wenig zusammen.«

In der Hoffnung, dass Claudia, die wie ein steifer Strich neben ihr steht, sich entspannen kann, fügt sie hinzu: »Es duftet so gut! Ich habe den ganzen Tag nichts gegessen. Was habt ihr uns denn Schönes gekocht?«

»Claudia wollte unbedingt ein Hähnchencurry machen, das ist ihre Spezialität«, antwortet Étienne für sie. »Möchtest du einen Whisky?«

Und ohne ihre Reaktion abzuwarten, holt er aus der Küche ein zur Hälfte mit Eiswürfeln gefülltes Glas.

»Komm, setz dich, Johar, entspann dich.« Ohne sich um Claudia zu kümmern, die unbeholfen zwischen den Sesseln steht, setzt Étienne sich wieder neben Rémi und schenkt Johar deutlich mehr ein, als sie vernünftigerweise trinken sollte. Er nimmt mit seinen lässig ausgebreiteten Gliedern sämtlichen Platz ein, im harten Kontrast zu Rémi mit seinen hängenden Schultern, dem nach vorne zusammengesunkenen Oberkörper und dem über dem Bauch bis zum Zerreißen gespannten Hemd.

»Wir sollten Étienne für die Einladung dankbar sein, so sehen wir uns wenigstens mal«, wirft Rémi seiner Frau spöttisch zu.

»Wie du weißt, tue ich, was ich kann. Aber du hast recht. Étienne, dieses Abendessen war eine sehr gute Idee, alle drei zusammen, wie in guten alten Zeiten, und ich freue mich, Claudia besser kennenzulernen. Claudia, möchtest du dich nicht lieber zu uns setzen? Tut mir leid, wenn ich jetzt die Gastgeberin spiele, Étienne, aber deine Frau sollte sich auch entspannen«, und während Claudia dem nachkommt und sich folgsam in den Sessel gegenüber sinken lässt, wirft Johar Rémi einen genervten Blick zu.

Sie fragt sich, was sie hier tut. Sie sehnt sich auf ihre friedliche Bank zurück. Sie fühlt sich nicht in der Lage, um einen ganzen Abend lang Étiennes klebrige Höflichkeit, Claudias Unwohlsein und Rémis Sticheleien zu ertragen – das ist überhaupt die Höhe, schließlich hat er sie angefleht zuzusagen, und jetzt straft er sie vor den anderen ab.

Sie stürzt hastig einen Schluck Whisky hinunter. Sie hat sich an alles gewöhnt, was die Rolle einer Führungskraft einem Menschen abverlangt, nur nicht an das Auslassen des Mittagessens. Bekommt sie nichts zwischen die Zähne, fängt alles um sie herum an, sich elendig zu drehen, wie die Eiswürfel, die sie im Glas herumschwenkt, während sie schweigend die Gastgeber und ihren Mann betrachtet.

Étienne beginnt, sie zu umschmeicheln. Er hat das Porträt gelesen, das das Magazin *Challenges* letzten Monat über sie gebracht hat – *Johar Léger, die starke Frau der Techindustrie.* Er kennt den Artikel anscheinend auswendig, denn er zitiert ihr begeistert lange Passagen daraus. Die von ihrer PR-Abteilung sorgfältig unter die Journalisten gebrachte Botschaft ist gut bei ihm angekommen, sie wird ihren Leuten sagen können, dass sie ganze Arbeit geleistet haben: Ihre besondere Leistung als Topmanagerin sei nicht nur, das Unternehmen, sondern das ganze Land umgekrempelt zu haben, indem sie gekonnt mehrere Digitalisierungsverträge mit führenden französischen Konzernen unter Dach und Fach gebracht habe sowie mit mehreren Ministerien, was ja gemeinhin als die höchste aller Auszeichnungen gilt. Vor allem hat Étienne sich ein paar griffige Formulierungen gemerkt, die er jetzt freudig vor ihr aufsagt, ihre »eiserne Faust«, »eine Frau, die Berge versetzt«, und sie lässt sich gegen ihren Willen erweichen. Étienne setzt alles ein, was seine hübsche Schauspielervisage für diese Schmeichelnummer zu bieten hat, seine grauen Augen tief in ihre versenkt, seine sinnlich-vollen Lippen und die perfekt weißen Zähne, als würde er ihr das alles zu Füßen legen wollen. Bei dieser Nummer kann ihm keiner das Wasser reichen.

Dabei findet sie selbst den Artikel grässlich. Schon die Überschrift, *Johar Léger* … Die Fremdheit dieses Nachnamens hinter ihrem Vornamen war ihr wieder sauer aufgestoßen, wie immer. Sie hat häufig bereut, bei ihrer Heirat Rémis Namen angenommen zu haben, aus Bequemlichkeit, um nicht ständig fünf Mal ihren Namen buchstabieren zu müssen, wenn sie sich vorstellte. Zudem hat der Name eine gewisse Ironie entwickelt – léger, leicht –, der sie sich nicht entziehen kann (früher verspottete sie gerne Rémi und seine Polster damit), insbesondere wenn sie auf Fotos von sich in Magazinen sieht, wie die Jahre ihre Wangen gerundet und ihr Kinn mit einem unvorteilhaften Hautkissen unterlegt haben. Sie verabscheut die Anekdoten, die ihren Charme schon dadurch verlieren, dass sie öffentlich verbreitet werden, die Kommentare der Namenlosen, die bei der Gelegenheit alte Rechnungen begleichen, sowie die sogenannter Freunde, die nur in der Öffentlichkeit lobende Worte für sie finden …

Beim Gedanken an ihre nächste Beförderung, die ihr eine neue Welle dieser getarnt daherkommenden Werbeporträts bescheren wird, muss Johar noch einen Schluck Whisky nehmen. Eine dumpfe Melodie beginnt in ihrem Schädel zu tönen.

Gerade gerät Étiennes Lobgesang ins Stocken. Er scheint nach Worten zu suchen.

»Du, die du so nah um die Sonne kreist … Du musst doch in die Pläne der Götter eingeweiht sein. Werdet ihr tatsächlich Neria aufkaufen? Wird die kleine Schwester die große verschlingen?«

Dann sehr sachte, wie um sich für die Frage zu entschuldigen: »Du hast sicher Einfluss auf die Auswahl der Berater, die euch in der Sache begleiten werden?«

Johar hebt ihr Whiskyglas etwas an. Durch das trübe Glas geblickt, strecken sich Étiennes lange

Arme in alle Richtungen aus und vervielfachen sich, eine Spinne, die am Sofa hängt.

Also daher weht der Wind. Eine berufliche Gefälligkeit. Unter alten Freunden, wie Rémi sagt, muss man doch nicht solche Umstände machen. Ein Anruf hätte genügt. Einen Anruf hätte sie weitaus mehr geschätzt als einen verdorbenen Abend. Es drängt sie, Rémi, der die Sache möglicherweise mit inszeniert hatte, ihre Meinung zu geigen.

Ja, sie hat Einfluss auf die Auswahl der Berater, und nicht zu knapp. Étienne wird schon bald wieder Gelegenheit haben, seine Nummer vom glühenden Bewunderer abzuziehen, nämlich wenn er erfährt, welchen Platz sie in dem neuen Unternehmen einnehmen wird. Und was die Sache betrifft, Étiennes Dienste anderen Beratern vorzuziehen, so hätte sie damit kein Problem. Es ist nur ein wenig früh für eine Antwort. Heute Abend hat Johar Lust zu spielen.

Sie tut, als hätte sie Étiennes letzte Frage nicht gehört, stellt schwungvoll ihr Glas ab, geht zum Kamin. Sie greift nach einer kleinen, leuchtend roten Keramikfrucht, streicht über die länglichen Erhebungen, die die gleichmäßige Kugel durchziehen wie die Nähte eines Rugbyballs, bewundert die winzige Krone auf der abgeflachten Oberseite. Dann, an Claudia gerichtet, die seit den paar

Höflichkeiten zur Begrüßung nichts mehr gesagt hat, ruft Johar unangestrengt begeistert und vom Whisky beflügelt:

»Ich denke mal, den weiblichen Touch hier in der Deko haben wir dir zu verdanken, Claudia. Kompliment, diese Granatäpfel sind wundervoll!«

5

Granate. Erst Stille, dann eine Detonation und darauf eine Welle, die ihr Herz tief in ihre Brust drückt.

Seitdem Étienne und Johar begonnen haben, sich zu unterhalten, fürchtet sie sich vor diesem Moment. Seit Johar wie ein Tornado in den Salon gewirbelt ist, seit sie sie aufgefordert hat, sich zu setzen, seit sie mit ihrer lauten Stimme und ihrem Lachen den Raum eingenommen hat, ist Claudia Teil einer schon tausendmal durchlebten Szene. Verloren auf einem Stuhl hinten im Klassenzimmer zittert sie vor Angst, der Lehrer könnte sie aufrufen. Ans Ende der Familientafel verbannt, starrt sie angestrengt ihren Teller an, in der Hoffnung, ihre Mutter möge sie nicht fragen, was es in ihrem Leben *Neues* gebe. In Gesellschaft von Étiennes Freunden betet sie, es möge unentdeckt bleiben, dass sie der Unterhaltung nicht folgen kann. Heute Abend hat sie wirklich versucht etwas aufzuschnappen, aber sie hat keinen Schimmer von Johars Job, und sie hat keine Ahnung, wer diese

Leute sind, die Étienne zitiert, als wäre er mit ihnen bekannt.

Am Ende trifft es sie dann doch, wie immer.

»Wirklich wunderschön, die Granatäpfel! Wo hast du diese kleinen Kunstwerke ausgegraben, Claudia?«

Mit einem Mal sprechen sie nicht mehr vom digitalen Wandel, sondern von Dekoration. Noch bevor sie den Mund aufmachen kann, eilt Étienne ihr zu Hilfe.

»Die habe ich aus dem Iran mitgebracht. Wie du weißt, sind Darstellungen dieser Frucht im Mittleren Osten weitverbreitet. Übrigens nicht nur im Mittleren Osten. Granatäpfel kommen auch in der griechischen Mythologie vor, und in der Bibel …«

Claudia blickt ihrem Lebensgefährten nach, der sich, ohne sie auch nur anzusehen, zu Johar an den Kamin gesellt hat, um ihr seine Keramiken vorzuführen, und als sie Ärger gemischt mit Verzweiflung in sich aufsteigen fühlt, fragt sie sich, ob sie es jemals schaffen wird, diesen Gegensatz aufzulösen: Sie möchte sich unsichtbar machen, und doch trägt sie es allen nach, die sie nicht sehen.

Die Granatäpfel sind nicht ihre, natürlich nicht. Nichts hier trägt ihre Handschrift. Als sie vor zwei Jahren bei Étienne einzog, hatte sie drei Koffer dabei, für die er ihr einen Platz im Schrank freigeräumt hat. Die Möbel aus ihrem kleinen Apartment hat sie im Internet verkauft. Alles andere, was so herumstand, hat sie verschenkt, das Meiste weggeworfen. Manches hat sie heimlich in ihrem ehemaligen Kinderzimmer untergebracht, das die Eltern zu ihrer Überraschung unverändert gelassen hatten. Alles, was sie besaß, kam ihr damals plötzlich minderwertig und geschmacklos vor. Claudia hatte keine Überbleibsel ihres bisherigen Lebens zu Étienne mitnehmen wollen. Vielmehr sehnte sie sich danach, jene Welt zu entdecken, die sich ihr durch Étienne erschloss. Kämpferisch und geduldig hatte er sie umworben, seine Arbeit früher verlassen, um vor dem Ausgang der Praxis auf sie zu warten und sie an einem Pariser Bistrotisch auf eine imaginäre Reise mitzunehmen. Seine warme und sanfte Stimme trug sie durch Raum und Zeit, entwarf für sie die Landschaften ferner Länder, ließ sie in Farben und Düfte ihr unbekannter Kulturen eintauchen. Legte er seine Hand auf ihre, bekam ihr Panzer Risse. Claudia erstickte in ihrem engen Leben, und Étienne eröffnete ihr eine neue Welt, so groß und schön wie er.

Ihr Blick gleitet von den Granatäpfeln über die Kunstbände aus Hochglanzpapier seiner Bibliothek und verliert sich dann in der Dicke des persischen Teppichs. Sie klammert sich an diese Gegenstände wie an so viele Erinnerungen aus der ersten Zeit mit Étienne. Mit der Fußspitze fährt sie die in die Wolle eingewebten Ornamente nach, dabei fällt ihr auf, dass ihr Fußgelenk unmerklich zittert.

Sie redet sich zu, dass sie einfach noch etwas Zeit braucht. Sie wird ihren Platz finden. Daran gibt es keinen Zweifel. Nicht mal mehr den Hauch eines Zweifels, schließlich hat er mit ihr ein Kind gewollt.

Étienne dreht sich zu ihr um, seine Finger streicheln die glasierte Oberfläche einer Frucht.

»Claudia, möchtest du nicht deine Zucchini in den Ofen schieben? Johar ist hungrig. Rémi und ich auch, ehrlich gesagt. Es wäre toll, wenn wir in einer Viertelstunde essen könnten.«

6

Die Keramikfrüchte haben bei Étienne einen endlosen Redefluss ausgelöst. Johar wollte mit ihrer Frage nach den Granatäpfeln vom Thema ablenken, aber er ist sofort darauf angesprungen und schwadroniert nun über seinen Geschmack, seine Reisen, seine Erlebnisse. Étienne redet, wie immer, von sich. Kurz entfernt er sich Richtung Esszimmer, aber noch bevor Johar durchschnaufen kann, kehrt er zurück, in der Hand eine Vase mit kunstvollen blauen Motiven.

»Hier, sieh mal. Nimm sie ruhig. Erinnert sie dich an etwas?«

»Nein. Ich weiß nicht. Stand sie früher hier auf dem Kaminsims?«

»Nicht doch … Ich meine diese Motive. Verbindest du gar nichts mit ihnen?«

Johars Finger gleiten reflexhaft über die Vase, über das türkisfarbene geometrische Sternenmuster. Étienne hält es nicht mehr aus: »Nabeul. Eine Keramik aus Nabeul.«

Eine Flut von Bildern der kleinen tunesischen

Hafenstadt stürzt auf Johar ein. Wie die Termitenkönigin ihre Eier, produzierte das Städtchen Keramik am laufenden Band, aus seinen Eingeweiden pressten sich Platten, Teller, Schalen, verziert mit Rosetten in Blau und Rosa, in derart furchterregender Menge, dass die sich durch die schmalen Gassen schiebenden Touristen mit den verbrannten Armen darin unterzugehen drohten. Sie erinnert sich an ihre kindliche Sorge um das kostbare, auf den Gehwegen ausgebreitete Geschirr angesichts der unzähligen roten und braunen, immer knapp daran vorbeitrampelnden Beine.

Mechanisch reagiert sie auf das zufrieden aufleuchtende Lächeln im Gesicht desjenigen Freundes, dessen Bildung sie früher einmal derart faszinierte, dass sie der Maßstab ihres eigenen intellektuellen und bürgerlichen Ideals wurde. Johar wundert sich, was Étienne von ihr erwartet, wenn er ihr jetzt mit Tunesien kommt. Vielleicht meint er, ich gebe ihm ein Mandat, weil er mit den paar Dinar, die ihn diese Vase gekostet hat, zum Bruttoinlandsprodukt des Heimatlandes meiner Eltern beigetragen hat, denkt Johar genervt.

»In Nabeul war ich, glaube ich, noch nie. Es ist das Mekka des billigen Kunsthandwerks. Sieht dir gar nicht ähnlich, dort Urlaub zu machen.«

»Ich habe auf dem Weg in die punische Siedlung

Kerkouan dort Halt gemacht. Weißt du, dass das die einzige Stadt ist, die immer rein punisch war? Alle anderen, insbesondere Karthago, wurden später römisch, aber Kerkouan ist so erhalten geblieben, wie es vor Jahrhunderten aufgegeben wurde.«

Aus den Tiefen des Sofas, wo seine Freunde ihn vergessen haben, wirft Rémi ein: »Du musst nicht mit dem Messer in der Wunde stochern, Étienne, wir kennen Nabeul nicht, wir kennen Tunis nicht und nicht Djerba, nichts davon, Urlaub in Tunesien ist in unserer Familie tabu, wie du weißt.«

»Diese Diskussion hatten wir doch schon tausend Mal«, unterbricht ihn Johar knapp. »Sie haben alles zugebaut, die Küste ist nicht wiederzuerkennen.«

»Aber es gibt ein paar vergessene Herrlichkeiten«, fährt Étienne fort. »In Kerkouan bin ich – alleine, niemand kennt diesen Ort – zwischen Ruinen mit Blick aufs Meer umherspaziert, zwischen staubigen Steinen und Olivenbäumen, bei schönstem Sonnenuntergang.«

Johar wendet sich ab, es berührt sie unangenehm, wie Étienne vor ihr in seinen privaten Erinnerungen schwelgt. Ihr scheint, als habe sie Tunesien niemals um diese Tageszeit gesehen, von der Étienne spricht, dann, wenn das Rosa alles sanft einhüllt. Vielmehr hat sie den Eindruck, das

Land ihrer Eltern nur bei grellem Licht und Hitze gesehen zu haben. In ihrem Tunesien wacht sie morgens verschwitzt auf, auf einer Schaummatratze am Boden des kleinen Apartments ihrer Tante. Die unbarmherzig beißende Sonne, wenn sie hinter ihren Cousins her die Treppen des Gebäudes hinabgerannt war und auf der Brache, die der Siedlung eines Vororts von Tunis als Treffpunkt diente, ausgespuckt wurde. Ballspiele in klebrigem Staub, ihre Wettrennen durch die schattenlosen Straßen der Stadt, wenn ein Erwachsener ihnen ein paar Münzen geschenkt hatte, von denen sie sich im Laden eine Erfrischung in Form von übermäßig süßer Limonade kauften.

Mit Verbitterung denkt Johar, dass ihre Eltern die Vorstadt von Tunis verlassen haben, nur um in Noisy auf die gleichen einengenden Mauern, die gleichen Treppenhäuser mit abblätternder Farbe, die gleichen Treffpunkte in grauen Siedlungen zu stoßen. Sie haben ihre eigenen Eltern zurückgelassen, die Gräber ihrer Ahnen, ihre Muttersprache mit der so vertrauten Rauheit, um im Morgengrauen in einer Bäckerei von Noisy Brot zu kneten, das niemals wirklich französisch sein würde.

Sie taten all das für sie, sicher, für ihren Bruder und sie. Um ihnen das Recht zu geben, es zu etwas zu bringen. Die Pflicht, es zu etwas zu bringen. Und

Johar war den Weisungen stur gefolgt. Sie hat sich vorangearbeitet, Stück für Stück, sie hat gekämpft, sie ist aufgestiegen, immer höher und höher.

Johar macht einige Schritte durch den Salon, um Étiennes Redestrom zu entkommen. Sie schaut durch die Glaswand zu Claudia, die orange, prallgefüllte Zucchiniblüten in eine Form legt. Der feine Blätterkragen, der sich unter dem Gewicht der Füllung biegt, ruft ein vergessenes Bild in ihr wach. Ein spontaner Schwimmausflug, ein Abend am Kap Bon, nach einer langen Autofahrt. Sie erinnert sich, wie sie durch ein Wildblumenfeld rannte, das bis an den endlich abgekühlten Teppich aus Sand heranreichte. Sie sieht wieder die kleinen weißen, empfindlichen Blumen mit den bescheiden gesenkten Köpfen, sie hört wieder die Kinder, deren mit Angst durchmischte Freudenschreie sich in der dunklen und stillen Weite des Meeres verlieren. Sie spürt das Reiben des Handtuchs, mit dem die Mutter ihr das Salzwasser abtrocknete, ihre weichen Arme.

Ihre Mutter hat heute mehrmals versucht, sie zu erreichen. Sie muss sie zurückrufen. Aber erst muss sie Carl anrufen. »Étienne, ich rauche vor dem Essen noch eine Zigarette auf dem Balkon, wenn es dir nichts ausmacht.«

7

Ein Schatten huscht vor der Glaswand vorbei in die Küche und lässt sich gegenüber dem Hocker nieder, auf den Claudia sich gerettet hat.

»Alles gut, Claudia?«, fragt Rémi. »Riecht lecker, was du da gekocht hast.«

»Danke, die Zucchiniblüten sind gleich fertig.«

Noch im selben Moment möchte sie sich am liebsten vor Wut ohrfeigen. Sie hasst die Beflissenheit, die Folgsamkeit, mit der sie sich das Kostüm der Gastgeberin überstreift.

Rémi macht es sich gemütlich. Er stellt sein Whiskyglas und das Schälchen mit den Oliven, das er aus dem Salon mitgebracht hat, vor sich ab. Er lächelt sie an, den Ellenbogen auf den Tresen und den Kopf in die Hand gestützt. Er scheint sich mit ihr unterhalten zu wollen, im Gegensatz zu Étienne, der, kaum dass Johar sich zum Rauchen ans Fenster verzogen hatte, verkündete, noch einige dringende Arbeitsmails versenden zu müssen.

Von allen Freunden Étiennes hat Claudia Rémi am häufigsten getroffen, und wahrscheinlich ist er derjenige, der sie am wenigsten einschüchtert. Sie hält sich das vor, denn ihr ist bewusst, dass ihr Zutrauen zu Rémi mit seiner Unansehnlichkeit zusammenhängt, mit den Schultern, die vor seinem Oberkörper zusammenfallen, wie um dessen beinahe weibliche Konturen zu verbergen, und mit seinen Wangen, die wie zwei kleine, mit überschüssiger Masse gefüllte Ballons wirken. Rémi strahlt eine Art von vertrauenswürdiger Einfachheit aus, die Claudia aus irgendeinem Grund mit seinem Beruf in Verbindung bringt – Rémi unterrichtet an einem Gymnasium Wirtschaft in den Vorbereitungsklassen. Sie vermutet, dass er deshalb gewohnt ist, sich an jüngere und ihm in Wissensdingen unterlegene Menschen zu richten, und dass seine Aufgabe darin besteht, deren Vertrauen zu gewinnen. Und möglicherweise hängt ihr Zutrauen in ihn auch mit seiner Herkunft zusammen, die, wie sie weiß, bescheidener Art ist.

Rémi freut sich, der Spannung im Salon einige Minuten zu entkommen. Schon immer mochte er Küchen, den Geruch von heißem Öl, die Gespräche nebenher, die Vertraulichkeiten am Herd. Er betrachtet Claudias Gesicht. Ein Gesicht, das sich entzieht, nicht greifbar ist, dessen Zartheit trotzdem danach ruft, sein Vertrauen gewinnen zu wollen. Er lauscht Claudias Atem wie ein Kind dem

Herzklopfen des Spatzen in seiner Hand. Er erfreut sich an dieser Zerbrechlichkeit, so anders als die überbordende Selbstsicherheit Johars. Etwas an Claudia erinnert ihn an Manon. Ob er es schaffen wird, Manon im Laufe des Abends einmal anzurufen? Ihm wird bewusst, dass er sie seit dem Sommer jeden Tag sprechen möchte, dass er nachts schlecht schläft, wenn er nicht wenigstens einmal im Laufe des Tages ihre leicht kratzige Stimme gehört hat, dass seine Hände erst ruhiger werden, sobald seine Finger sich auf Manons Rücken von Sommersprosse zu Sommersprosse hangeln können.

»Läuft die Arbeit in der Praxis?«, fragt er Claudia, um mit ihr ins Gespräch zu kommen.

»Ja«, antwortet sie.

Sie spürt, dass sie weiterreden müsste, den Ball zurückwerfen, aber sie weiß nicht, was sie sagen soll. Den anderen fällt es leicht, für sie ist es ganz natürlich, über alles und nichts zu sprechen.

Sie gibt sich einen Ruck und spricht weiter: »Meinen Patienten geht es gut. Also, schlecht genug, damit ich Arbeit habe. Aber es geht ihnen gut. Besser danach, im Allgemeinen.« Die Ungeschicklichkeit ihrer Worte scheint noch lange zwischen den Küchenwänden nachzuhallen. Rémi lacht. Wahrscheinlich denkt er, ich meine es witzig, geht Claudia durch den Kopf.

»Und das Geschäft läuft?«

»Mehr oder weniger. Nicht immer einfach. Mit den Online-Terminen wird der Terminkalender schwer planbar, es gibt Tage, an denen zwei Drittel der Patienten absagen. Aber die Fixkosten laufen weiter.«

Das fällt ihr leicht, in das Lamento der Selbstständigen im Gesundheitswesen einzufallen, das sie im Kreis ihrer Familie schon hundert Mal gehört hat. Aus dem Mund ihres Vaters, Psychiater, und ihrer Mutter, Gynäkologin, war nie die Rede von Therapien oder Patienten, dafür umso mehr über Terminkalender, Kosten, Geldaufwand. Gemeinsam leiteten ihre Eltern ein Unternehmen, das auf die Sicherstellung ihres eigenen und des materiellen Wohlstands ihrer sechs Kinder ausgerichtet war. Während ihr Vater mit seinem Riecher fürs Geld die Anhäufung seiner Reichtümer optimierte, plante ihre Mutter, die Cheflogistikerin, mit verlässlicher Effektivität ihre langen Sprechstundentage, die zahlreichen außerschulischen Aktivitäten der Kinder und den Familienurlaub auf der Île de Ré. Eine Kompanie junger Au-pair-Mädchen, Stoßtrupp der mütterlichen Kriegsmaschinerie, begleitete die Kinder in die Schule, zum Musikunterricht und sommers zum Surfkurs. Sie machten morgens die Schulbrote und lasen abends vor.

Im taylorschen Erziehungskonzept ihrer Eltern war für gemeinsame Träumereien oder tröstende Zärtlichkeiten kein Platz. Zu Hause war die Redezeit der Kinder genau abgemessen, und gestattet nur beim Abendessen am Ende der Woche. Jetzt habe ich mit Rémi schon länger geredet als mit meinem Vater, denkt Claudia. Sie ist der tiefen Überzeugung, dass ihre Eltern nicht wussten, noch immer nicht wissen, wer ihre Kinder sind. Sie begnügen sich mit der Einteilung in zwei Kategorien, die der Einfachen und die der Schwierigen, und wenn sie sich treffen und die Mutter ihre Augen zusammenkneift, dann weiß Claudia, sie gehört der zweiten an.

»Wie bist du zur Physiotherapie gekommen?«, fragt Rémi weiter.

Zufällig und ziemlich alleine, denkt Claudia. Aus Mangel an Alternativen und aus Glück. Als Claudia zu Beginn des Abschlussschuljahres um einen »persönlichen Rat« bat, schüttelte die Mutter nur den Kopf. »Es ist nicht meine Aufgabe, dir die Pille zu verschreiben, Claudia. Ich vermittle dich an eine Kollegin.« Und dann musste Claudia mit rotem Kopf am Sonntagstisch erzählen, dass sie trotz ihrer mittelmäßigen Schulnoten in die Fußstapfen der Eltern treten und Medizin studieren wolle. Sie hat noch die zwei ungläubigen Schlitze im Gesicht ihrer Mutter vor Augen, das verkrampfte Lächeln ihres Vaters, der lediglich etwas von der Schwierigkeit der Autoregulation des Selbstbewusstseins in der Adoleszenz vor sich hin nuschelte, die ausdruckslosen Gesichter ihrer Brüder und Schwestern, darauf konzentriert, ihre eigene Redezeit vorzubereiten, da sie gleich an der Reihe wären. Der Bratensaft in der Sauciere zitterte im Takt mit ihrem unterm Tisch klopfenden Bein. Wenige Wochen später hatte sie sich bei den Physiotherapeuten eingeschrieben.

»Ich wollte etwas mit Gesundheit machen. Ich heile gerne, und das kann ich besser mit den Händen als mit Worten«, antwortet Claudia Rémi, selbst verwirrt, so viel von sich preiszugeben. Sie zögert, noch mehr zu sagen, ihm von der erstaunlichen Poesie der Körper vor ihr auf der Liege zu erzählen, von den verschiedenen Hauttypen, manche glatt, manche körnig wie Hirse, mit hervorspringenden Schulterblättern oder Leberflecken wie Kaffeebohnen. Um sich Mut zu machen, stellt sie sich vor, wie sie Rémis Kyphose behandelt, seine weihnachtsbaumförmigen Rückenfalten massiert. Sie könnte von den verblüffenden Fähigkeiten ihrer Hände erzählen, wie sie drücken, ziehen, zurechtbiegen. Aber er hört ihr nicht mehr zu.

Claudia dreht sich um, um zu sehen, wo sich Rémis Blick verliert. Auf dem Balkon des Esszimmers tippt Johar nervös auf ihrem Telefon herum.

»Wem schreibt sie bloß um diese Zeit?«, murmelt Rémi. »Ist doch komisch, wie man sich von einem Tag auf den anderen nichts mehr zu sagen hat. Nichts mehr versteht. Wenn man überhaupt vorher etwas verstanden hat.«

Er greift nach seinem Whisky, verschmäht die letzten Oliven in ihrer Lake und lässt Claudia ohne ein weiteres Wort sitzen.

8

Am geschmiedeten Geländer lehnend, schmeckt Johar dem herben Brennen des Zigarettenqualms auf ihrer Zunge nach. Der Himmel hat eine elektrische Färbung angenommen, als hätten die Antennen, die wie Stacheln auf den Schieferdächern der Gebäude gegenüber aufgerichtet sind, mit einem Schlag alle tagsüber angesammelte Spannung entladen. Mit ihrem Fuß auf dem Blumenkübel wirft sie um ein Haar ihr Glas um, das sie zwischen zwei Lavendelzweigen abgestellt hat. Alleine die Freiheit, sich mit einem unanfechtbaren Alibi jederzeit zurückziehen zu können, ist es wert, seine Lungen zu kalzinieren. Möglicherweise ist das die einzige Verbindung zwischen der Jugendlichen von einst und der Frau, die sie geworden ist – die Zigarette. Der einzige nicht übertünchte Riss in der Lackschicht, mit der sie ihr Leben überzogen hat.

Sobald sie fertig geraucht hat, wird sie Carl anrufen. Besser gesagt, sobald sie fertig geraucht hat, trinkt sie erst noch einen Schluck Whisky und wird dann Carl anrufen. Sie hat ihm eine Antwort vor 21 Uhr versprochen. Er wird über ihre Verspätung nicht kommentarlos hinweggehen, obwohl er selbst ihr geraten hatte, sie solle sich die nötige Bedenkzeit nehmen. »Um mit deinem Mann zu sprechen«, sagte er, ohne dass sie sagen konnte, ob die anklingende Ironie gewollt war. Ohnehin war diese Bedenkzeit nur eine Formalität. Ein derartiges Angebot lehnt man nicht ab, es ist mehr als eine logische Folge, es ist eine Vollendung. Er bietet ihr eine wahrhaftige Krönung an.

Johar denkt an das seltsame Gefühl des Neben-sich-Stehens, das sie heute Mittag übermannt hat. Alles um sie herum, die ganze Etage mit der Geschäftsführung von Oryx, vibrierte vor Aufregung über das Geheimnis, seit aus dem freudigen Summen der unzähligen Telefonkonferenzen während des Urlaubs ein lautes Dröhnen geworden war und die Truppe sich wieder in ihrem Büroturm von La Défense eingefunden hatte. Carl war auf dem Weg in sein Büro durch das große Open-Space-Office gelaufen, seine ockerfarbenen Schuhe glitten über den Teppichboden. Er hatte leicht gelächelt, aber durch die Lichtreflexe auf seiner Brille konnte Johar den Ausdruck seiner Augen nicht erkennen. Er schlug ihr ein gemeinsames Mittagessen vor. Später neben ihm hereilend, auf dem Weg zur von

Bürotürmen umzingelten Brasserie, kam Johar ins Keuchen und Schwitzen und nahm selbst wahr, dass es lächerlich aussehen musste, wie sie da versuchte, mit dem schnellen Schritt ihres Chefs mitzuhalten, wie ihre schweren Brüste grotesk unter ihrer Bluse auf und ab hüpften. Die Hitze, die durch die Öffnung der Grande Arche rollte wie ein Lavastrom, schien Formen und Zeit zu dehnen.

Am Anfang des Essens versuchte sie, ihre Haltung wiederzufinden, während sie sich ernst flüsternd weiter über das Thema der Stunde austauschten. Als der Tonfall dann feierlicher wurde, als Carl ihr mit konspirativer Miene die Dimensionen des fusionierten Konzerns auseinandersetzte, die sie ja selbst aus dem Effeff aufsagen konnte – hunderttausend Mitarbeiter in der ganzen Welt, über zehn Milliarden Umsatz, eine zweistellige Wachstumsrate, die es zu halten galt –, als er sie dann bat, die Zügel des Ganzen in die Hand zu nehmen, wobei seine eigene Rolle die eines emeritierten Vorsitzenden sein würde, da musste sie sich heftig zusammenreißen, um zurück in den Panzer dieser Frau zu gleiten, eingequetscht in ihr zu enges und zu warmes Kostüm. Aber es gelang ihr nicht, ihren Körper voll auszufüllen, stattdessen hatte sie das unheimliche und ungewohnte Gefühl, woanders zu sein. Sie nickte nur und antwortete mechanisch, ein wenig besorgt, ihr Chef sähe statt des erfreuten oder stolzerfüllten Gesichtsausdrucks, den er wahrscheinlich erwartete, nur eine schwer entzifferbare Miene vor sich. Um ihr Entrecote hatte sich eine rote Lache gebildet. Johar hatte es nicht angerührt. Sie sagte zu, Carl vor 21 Uhr anzurufen.

Johar nimmt noch einen Zug. Ein bitterer Beigeschmack mischt sich unter die Feststellung, dass dieses nie zuvor gekannte Gefühl von Selbstentfremdung sie um den Genuss dieses tausende Mal imaginierten, tausende Mal erhofften Moments gebracht hatte. War sie schlecht vorbereitet gewesen? Vielleicht eine Folge des Sommers. Ihre Haut duftet noch nach Urlaub, unter ihren Nägeln hängen noch Sandkörner. Schön war er gewesen, der Urlaub. Besonders die letzten Tage, als Rémi und sie das große Haus für sich alleine hatten, nachdem die Freunde mit Kind und Kegel abgereist waren. Sie war immer sehr früh aufgestanden. Rémi schlief gerne lange. Mit Blick hinab auf das Mittelmeer trank sie ihren Kaffee. Lauschte dem Zirpen der Zikaden, das mit der aufgehenden Sonne anschwoll. Ging im Nachthemd den von Feigenbäumen gesäumten Weg entlang zu der Bucht mit dem klaren Wasser, nahm das erste Bad. Am Horizont zogen Schiffe, und Johar berauschte sich am unendlichen Blau des Meeres.

Sie blickt auf die knisternde Zigarette zwischen ihren Fingern, so wie man den letzten Körnern einer Sanduhr nachblickt, dabei zusieht, wie sie immer schneller nach unten rutschen, auf die Engstelle zufallen. Sie lässt ihren Blick über die bläulichen Berge der Zinkdächer gegenüber schweifen, erfreut sich am Geschrei der Kinder, die auf der Straße ihre letzten freien Augusttage ausleben.

Die Stadt riecht nach trockenem Gras und Staub. Der Stummel zwischen ihrem Zeige- und Mittelfinger ist erkaltet. Der horrend teure Whisky von Étienne schmeckt auch nicht anders als der Billigwhisky, den sie auf den Partys der Ingenieursfachhochschule gerne mit Cola mixte, damals. Johar holt ihr Smartphone aus der Tasche. Auf dem Sperrbildschirm leuchtet ein grüner Balken: *Mama*. Sie bekommt immer einen Schreck, wenn *Mama* angezeigt wird. Trotz allen Abstands, den Johar zwischen sich und ihre Mutter gebracht hat, bleibt dieses Wort ein sehr intimes.

Ihre Mutter hat schon wieder versucht, sie zu erreichen. Sie hat keine Nachricht hinterlassen. Über den Bildschirm gebeugt, stellt sich Johar ihr Gesicht vor, so wie sie es zuletzt sah, im Januar, mit dem grauen Haar, das ihre Mutter zu lang trägt und nur schnell zu einem Zopf geflochten hatte, mit den Augen- und Mundwinkeln, die von einem jeden Tag schwerer werdenden Gefühl der Enttäuschung hinabgezogen werden. Mit den Jahren waren die wilden Locken um das Gesicht ihrer Mutter herum zahmer geworden, wahrscheinlich sind die grauen Haare dünner als die braunen, denkt Johar. Die Mutter scheint außerdem – vielleicht weil sie sich ohne die krause Mähne wohler fühlt, oder weil ihr jetzt alles egal ist – das kleine pastellfarbene Tuch, das Johar seit ihrer Kindheit an ihr kannte, abgelegt zu haben. Johar muss daran denken, wie viel Zeit sie selbst damit zubringt, ihre Mähne zu bändigen, wie viele Stunden sie mit Föhn bewaffnet vor dem Spiegel steht, welche Verrenkungen sie vollführen muss, um an den Hinterkopf zu kommen, sie denkt an den Geruch von verbranntem Haar, ohne den diese schöne und glatte Masse nicht machbar war. Sie stellt sich kurz vor, sie würde bei der nächsten Hauptversammlung ihren Lockenwust unter einem pastellfarbenen Tuch verstecken.

Sie formuliert eine lange Nachricht an Carl, spricht von Stolz, bedankt sich von Herzen und verleiht ihrer Lust Ausdruck, die zahlreichen Herausforderungen des zukünftigen Konzerns anzugehen. Sie löscht alles. Sie schreibt *Einverstanden*, löscht es wieder.

Aus dem Augenwinkel sieht sie Rémi sich dem Balkonfenster nähern, mit verschlossenem Gesichtsausdruck. Er macht ihr Zeichen, sich an den Tisch zu setzen.

An Carl:

Gib mir noch etwas Zeit. Es tut mir leid. In zwei Stunden spätestens hast du meine Antwort.

Johar tippt auf *Senden.*

9

Durch die Glaswand und über den jetzt verlassenen Salon hinweg beobachtet Claudia Étienne und seine Gäste am Esstisch. Ihre Worte werden von der tosenden Abzugshaube verschluckt, die sie gerade eingeschaltet hat. Étienne möchte nicht, dass sie das Fenster öffnet, aus Angst, der Essensgeruch könnte die Nachbarn belästigen. Die Sonne zieht im Untergehen einen langen Hitzeschweif nach sich. Claudia öffnet den Backofen, sein heißer Atem springt ihr ins Gesicht. Mit dem Handrücken wischt sie sich die Schweißperlen von der Oberlippe. Sie holt die Form aus dem Ofen, stellt sie auf die Arbeitsfläche.

Sie hat freien Blick auf die drei Freunde, wie auf ein Gemälde, eingerahmt von der Stahlfassung der Glaswand. Johar und Rémi sitzen nebeneinander. Étienne steht hinter ihnen und lässt sie den Burgunder kosten, den er zuvor aus dem Keller geholt hatte. Im goldenen Licht der Lampen, die Étienne eben eingeschaltet hat, schwenkt Rémi voller Vorfreude in seinem Glas den ersten blutroten Schluck. Étienne streichelt das Etikett auf der Flasche.

Über die Arbeitsplatte gebeugt, verteilt Claudia die Zucchiniblüten auf Teller, vorsichtig, damit die mit Füllung gestopften Blütenblätter nicht aufreißen. Sie beeilt sich, weil sie fürchtet, das Essen könnte sonst kalt werden. Aus dem Esszimmer wirft Étienne ihr einen heimlichen Blick zu. Ein dumpfer Schmerz zieht durch ihren Bauch. Sie würde sich gerne einen Augenblick setzen, warten, bis der Krampf vorübergeht. Sie wünscht sich, dass eine Hand sich beruhigend auf ihre Schulter legen und ihr die Angst nehmen würde, die sich jetzt, davon ist sie überzeugt, durch ihren Körper ausdrückt.

Étienne kommt zu ihr. In dem Moment, in dem er die Küche betritt, fällt seine lächelnde Maske. Claudias Krämpfe graben sich immer tiefer in ihren Bauch. Ihr ist nach Weinen zumute, ohne dass sie sagen könnte, was sie derart quält, der Schmerz, die Angst oder die Scham. Sie traut sich nicht, Étienne zu sagen, was los ist. Dabei wünscht sie sich nichts sehnlicher, als dass er sich um sie kümmert. Nur einen Augenblick. Wird er sich mehr um sie kümmern, sobald sie ihm die Neuigkeit verraten hat?

Die Neuigkeit verraten. Hoffnung und Angst verschränken sich und umschließen fest Claudias

Herz. Schon seit drei Tagen halten sie es in der Zange, seitdem sie bei Doktor Edelman gewesen war.

Claudia hatte Ende Juni aufgehört zu verhüten. Es war eine gemeinsame Entscheidung von Étienne und ihr gewesen, eine Entscheidung so hell wie ein Sommeranfang. Sie wollten zwei Wochen in den Luberon fahren, nur sie beide. Sie wollten ein Baby machen. Sie wollten diese ihnen unbekannte Seite des Lebens erforschen, das Elternsein, und sich vielleicht in neuer Verbundenheit darin wiederfinden. Dann, nach und nach, verloren die Tage ihren Glanz, wie halb vertrockneter Lavendel. In den zehn Tagen, die er mit ihr dort verbrachte, hatte Étienne ihr, wie es seine Gewohnheit ist, während er las oder Musik hörte, übers Haar gestreichelt, vielleicht hatte er sie ein wenig öfter geliebt; aber dann war er verfrüht abgereist, um an einem Fall zu arbeiten, und hatte sie alleine in dem großen Haus in Ménerbes zurückgelassen.

Als sie noch die Pille nahm, bekam Claudia ihre Tage nicht. Im Übrigen hatte sie nichts dagegen gehabt, auf die Art diesem erniedrigenden Aspekt des Frauseins zu entkommen. Aber auch nach Ende Juni kam ihre Menstruation nicht zurück. Irgendetwas stimmte nicht. Etwas war immer kaputt bei ihr. Sie hatte sich nicht getraut, mit Étienne darüber zu sprechen. Stattdessen war sie am Montag der letzten Augustwoche heimlich zu Dr. Edelman gegangen. Sie hatte kaum das Behandlungszimmer ihrer Gynäkologin betreten, und Audrey Edelman hatte sie mit so sanften Augen angesehen, dass gleich zwei dicke Tränen losrollten, die lächerliche Schlieren auf ihren Wangen hinterließen. Audrey war goldgebräunt wie ein Buttercroissant, ihre langen blonden Haare waren von der Sonne fast weiß geworden, ihre Schultern zeichneten sich hübsch unter ihrem Leinenpullover ab. Sie war der Typ Frau, vor dem Claudia für gewöhnlich zurückzuckte, mit seiner Weiblichkeit, der überbordenden Sinnlichkeit, und doch, als Dr. Edelman sich ihr näherte, spürte Claudia Wellen der Zärtlichkeit, unter denen sie dahinschmolz. Sie wünschte sich, ihre Mutter wäre als Gynäkologin gewesen wie Audrey Edelman. Und manchmal wünschte sie sich, Audrey Edelman wäre ihre Mutter gewesen. Die Ärztin untersuchte sie schweigend, nur dieses tiefe Summen auf den Lippen, das ihr gar nicht bewusst zu sein schien, dann schaute sie zurückhaltend lächelnd auf. »Sie haben Ihre Menstruation nicht, weil Sie schwanger sind, Claudia. Herzlichen Glückwunsch.« Um sogleich die Schatten zu vertreiben, die Audrey wahrscheinlich auf dem Gesicht ihrer Patientin hatte aufziehen sehen, schob sie etwas sanfter nach: »Das ist eine gute Nachricht. Oder?« Claudias erster Gedanke galt ihrer Mutter, für die die Neuigkeit nur von erbärmlicher Dummheit zeugen würde. Ihr zweiter Gedanke ging zu Étienne – wie sollte sie ihm erklären, dass sie bei ihrer Ärztin gewesen war, ohne ihm Bescheid zu sagen? Und wieder flossen Tränen und nahmen ihren Weg hinab im Kielwasser der ersten. Die Ärztin hatte keine weiteren Fragen gestellt. Sie machte weitere Untersuchungen, erklärte ihr, wie sie in der Schwangerschaft weiter betreut werden würde. Am Ende steckte Edelman ihr eine kleine Karte zu, auf die sie ihre Telefonnummer geschrieben hatte. »Sie können mich anrufen. Wenn Sie das einmal brauchen, oder einfach, wenn Ihnen danach zumute ist.«

»Claudia, ist alles fertig, kann ich die Teller mitnehmen?«, fragt Étienne ungeduldig.

»Eine Sekunde, noch ein paar Kräuter, dann passt es.«

Étiennes Finger trommeln nervös auf der Arbeitsplatte. Er kocht innerlich, dass er sich für Johar die Beine ausreißt, Johar, die nicht nur mit einer Dreiviertelstunde Verspätung kommt, sondern auch mit mieser Laune. Er hat seine beste Flasche aus dem Keller geholt. Er hat die arme Claudia den ganzen Nachmittag in der Küche schuften lassen. Er hat versucht, die Unterhaltung auf gemeinsame Interessen zu lenken, aber offensichtlich wusste sie mit Kultur und Kunst – von Kunst konnte noch nicht einmal die Rede sein, eher von *Handwerk* – nichts anzufangen. Und doch darf Étienne heute Abend nicht nachlassen, sein falsches Lachen und den schmeichelnden Tonfall nicht ablegen, denn er braucht es dringend, dieses Mandat.

Er weiß nicht, wie es passieren konnte, dass ihm in der Kanzlei alles entgleitet. Erst waren es nur kleine Verschiebungen, kaum merkbare. Zwei Stammmandanten, von denen der eine zur Konkurrenz gegangen ist und der andere, noch schlimmer, zu seinen Kollegen. Ein Partneressen, zu dem er nicht eingeladen worden war. Einer seiner Kollegen, fast ein Freund, der eines Morgens aus dem Büro des Chefs kam und seinem Blick auswich. Étienne entzieht sich die logische Abfolge dieser Entwicklung, er kann nicht sagen, ob er seine Mandanten verliert, weil seine Strahlkraft nachlässt, oder ob es umgekehrt ist. Doch die Zahlen sind über jeden Zweifel erhaben. Das ist ein katastrophales Jahr für ihn und wird es auch bleiben, es sei denn, ihm gelingt die Akquise neuer Aufträge, auf der Stelle. Heute Abend spielt er um sein Überleben.

Étienne betrachtet die Granitarbeitsplatte, auf der Claudia die Teller anrichtet, den Tresen, die Küchenmöbel, deren Design von perfekter Nüchternheit ist. Sein Blick wandert zu den großen Spiegeln im Esszimmer und im Salon, die sich gegenseitig ins Unendliche reflektieren, dann über das hundert Jahre alte Parkett, dessen Knarzen er so gerne unter seinen Füßen hört. Niemals könnte er auf all das verzichten. Im Gegenteil: Er ist darauf geeicht, immer mehr zu wollen, immer größer, immer schöner. Er schließt die Augen. Er denkt an die unerträgliche Ironie, die ein Rückschritt, eine Herabstufung bedeuten würde, wo er sich doch gerade dazu entschlossen hatte, im Leben *voranzukommen*, wie man es nennt.

Neben ihm drapiert Claudia Korianderstiele auf den Tellern. Sie ist konzentriert bei der Sache. Er mustert ihre schmale, lange Nase, ihre markanten Wangen, die zusammengepressten Lippen. Von vorne erscheint Claudia ihm immer verschwommen, ihr Profil ist klarer, schärfer. Er hat sich bewusst für diese Frau entschieden, als Herausforderung, um sich zu beweisen, dass sein Charme sogar die Kruste aus Schüchternheit durchdringen konnte, unter der sie zu ersticken drohte, aber auch vor allem, weil er wusste, dass seine Überlegenheit ihr gegenüber niemals infrage stehen würde. Heute

Abend wird ihm übel bei dem Gedanken, sie könnte eines Tages Mitleid mit ihm empfinden.

»Fertig, du kannst sie mitnehmen.«

Étienne nimmt zwei Teller und trägt sie ins Esszimmer, Claudia folgt ihm. Johar wird diese Wohnung nicht verlassen, ohne ihm das Mandat zu versprechen.

10

Johar sieht von ihrem Telefon auf. In einer lächerlichen Prozession tragen Étienne und Claudia das Essen herein, einen Teller in jeder Hand. Sie fragt sich, aus welchem Bedürfnis heraus sich diese Frau hinter ihrem Lebensgefährten versteckt, und aus welchem Bedürfnis heraus er die Anerkennung einheimsen möchte für ein Essen, das ganz offensichtlich sie stundenlang zubereitet hat. Links von ihr verkostet Rémi Schluck für Schluck seinen Burgunder. Sie hört nur widerliche Sauggeräusche, als ob er nasse Küsse auf den Glasrand setzt.

Jetzt gerade hasst sie sie alle. Ehrlicherweise hasst sie vor allem sich selbst. Wie konnte sie Carl das nur schreiben? »Gib mir noch etwas Zeit. Es tut mir leid.« Sie sagt grundsätzlich nicht, dass ihr etwas leidtut. Sie zeigt sich grundsätzlich nicht zögerlich. Sie hat sich nur dämlicherweise durcheinanderbringen lassen von den Anrufen ihrer Mutter, die sich aber auch wirklich den richtigen Tag ausgesucht hatte, um sich bei ihrer Tochter zu erkundigen, was es Neues gibt. Und Rémis Sturheit hatte sie aus dem Konzept gebracht, dieser ätzende Ton – so sprach er eigentlich nie mit ihr. Für ein paar kalt gewordene Zucchiniblüten hat sie den Job ihres Lebens in Gefahr gebracht.

An der Spitze des Unternehmens stehen – davon hatte sie jahrelang nicht einmal zu träumen gewagt. Sie hört sich schon den anderen erzählen, ihren Freunden, den Kollegen, der Presse, wie sie sich freut, auf diesem Posten mitzubestimmen, in welche Richtung der Riesenkahn mit seinen hunderttausend Mann steuert, wie stolz sie ist, mit den Kunden von Oryx und Neria neuen technologischen Horizonten entgegenzusegeln. Die Worte liegen ihr schon auf der Zunge, bereit, als bestürzende Plattitüden aus ihrem Mund zu purzeln. Die Wahrheit ist, diese Beförderung wird den schwefeligen Beigeschmack von Rache haben.

Johar denkt daran zurück, mit welcher Schamlosigkeit ihre ersten Kunden sie beäugten, als der Schrecken darüber, dass hinter diesem Vornamen kein Mann, sondern eine Frau steckte, verflogen war. Wie sie versuchten, an ihrem kaffeebraunen Teint, an ihren zu steifen und darum vermutlich nicht natürlichen Haaren und manchmal in den Tiefen ihres Dekolletés abzulesen, wie umfassend ihre Softwarekenntnisse waren und wie unerbittlich Johar aus dem Entwicklerteam, das sie leitete, noch den letzten Schweißtropfen herauspressen könnte. Jahr um Jahr war es ihr gelungen, den inquisitorischen Blicken standzuhalten und nacheinander alle Unebenheiten zu glätten, über die sie hätten stolpern können – die nahezu nicht wahrnehmbaren Reste eines Akzents, den sie sich von ihrer Mutter abgehört hatte, die kleinen sprachlichen Unsicherheiten, die ihr zu Beginn unterliefen. Es war ihr gelungen, sich innerhalb des Unternehmens durch ihre Arbeitskraft, ihren Kampfgeist bis hin zur Verbissenheit von den anderen abzuheben. Wenn sie an all die Nächte zurückdenkt, in denen sie Verträge verbessert, Codes neu geschrieben, sich mit zugeschnürtem Magen vorbereitet hat auf Meetings mit wütenden Kunden oder Mitarbeitern, die man entlassen musste, dann ertappt sich Johar bei dem Wunsch, in den Augen ihrer Kollegen Unterwerfung zu erkennen. Sie stellt sich vor, wie all diese Männer – immer älter, immer weißer, immer männlicher als sie – in einer Reihe vor ihr stehen, in ihren tadellosen Anzügen, mit ihren guten Manieren, ihren traurig geradlinigen Lebensläufen, und träumt vom Triumph des Migrantenmädchens über alle, denen die Karriere schon in die Wiege gelegt wurde.

»Gib mir noch etwas Zeit. Es tut mir leid.« Hat sie Angst bekommen? Hat sie, Johar die Kriegerin, die Kämpferin, sich etwa von der Angst überrollen lassen wie ein Kind? Hat sie am Ende, wie alle anderen, Angst bekommen zu versagen oder nicht auf der Höhe zu sein? Falls es nicht sogar umgekehrt war, dass nämlich dieser Posten sich nicht als würdig erwies, gemessen an dem, worauf sie alles verzichtet hatte.

Dabei gefällt ihr dieser Gedanke des Verzichts gar nicht. Sie hat nicht verzichtet, sie hat eine Wahl getroffen. Sie hat diesen Weg gewählt, staubig und einsam, der sie mit der Zeit von ihren Freunden entfernte, von ihren Eltern, von Rémi, ein Weg, dessen Stille kein Kinderweinen jemals stören würde. Heute fühlt sich der Weg an wie eine Brücke über das Nichts, wo der kleinste Fehltritt genügt, um sie in die Tiefen des Unbekannten zu stürzen.

Johar dreht das Telefon um, mit dem Display nach unten, um sich dem hypnotischen Licht zu entziehen. Sie atmet langsam ein, versucht wieder ruhig zu werden. Durch das geöffnete Fenster dringt Kindergeschrei zu ihnen hoch. Sie wirft einen Blick auf die Uhr. Fast zehn. Was diese Kinder wohl so spät auf der Straße machen? Dann fällt ihr wieder ein, dass noch Sommerferien sind. Sie versucht zu verstehen, was sie sagen, aber hört nur freudiges Kreischen und Johlen. Sie trinkt einen

Schluck Wein und muss sich zurückhalten, nicht auf den Balkon zu gehen, um die Kinder zu beobachten. Sie wird Carl sofort schreiben, dass sie annimmt.

Andererseits hat sie ihm eine Antwort »in zwei Stunden spätestens« versprochen, und zwar erst vor wenigen Minuten. Er wird sie für verrückt halten. Jetzt muss sie abwarten. Das fruchtige Aroma des Burgunders tröstet sie, sie mag das Gefühl der Benommenheit, das der Alkohol in ihr auslöst.

Étienne gibt keine Ruhe: »Du hast deine Zucchiniblüten gar nicht angerührt, Johar. Magst du das nicht?«

»Doch, doch, sicher.«

»Du wirkst erschöpft heute Abend. Hattest du einen schlechten Tag?«

»Nein, ganz im Gegenteil. Einen sehr guten Tag. Ich darf eigentlich nicht mit euch darüber sprechen, aber ich kann mich auf eure absolute Verschwiegenheit verlassen, oder? Ich hatte nicht einmal Zeit, es dir zu sagen, Rémi. Carl hat mir ein sehr verlockendes Angebot gemacht, heute Mittag. Ich habe den Posten als CEO von Oryx angenommen.«

11

Plötzlich brodelt der Raum vor Staunen und Aufregung. Étienne rückt schwungvoll seinen Stuhl zurück und stößt dabei gegen Claudias. Alle vier stehen jetzt. Hände voller Bewunderung und Zuspruch legen sich auf Johars Schultern. Étienne, Rémi und Claudia umarmen sie nacheinander. Étienne drückt Johar unerwartet lang und fest. Sie lacht, streicht ihr Haar glatt, taucht ihre Finger in die glänzende Masse, sodass es auf Claudia kurz wirkt, als würde sie sich ihre Perücke vom Kopf reißen und in einer theatralischen Geste auf den Boden feuern. Auch Rémi lacht, sein Lachen ist aufrichtig und begeistert, wie von einem Kind, das gerade einen Vergnügungspark betreten hat. Er hält Johar an der Taille umfasst und versucht, sie an sich zu ziehen, mit beinahe jugendlichem Ungeschick. Étienne redet ohne Punkt und Komma, er wiederholt immerzu Johars Namen, wie eine Beschwörung, er sagt: »Das ist unglaublich, Johar, das ist fantastisch, Johar«, dann, mit etwas tieferer Stimme: »Du hast das mehr als verdient. Du hast das wirklich verdient, Johar.«

Étienne bittet Claudia, Champagner zu holen. Nicht ohne Stolz lacht er: »Zum Glück habe ich immer eine Flasche im Kühlschrank!« Und während Claudia die Gläser holt, hört sie ihn wiederholen: »Zum Glück habe ich immer eine Flasche im Kühlschrank!«, als wäre das die wichtigste Information des Abends.

Claudia kommt mit Gläsern zurück und überlässt Étienne das Entkorken. Schaum läuft über die hingestreckten Hände, die Stimmen übertönen das Klirren der Gläser. Dieses Mal fällt es Claudia ganz leicht, mit den anderen mitzuschwimmen, die Wangen der anderen sind nicht weniger rot, glühen nicht weniger als ihre, sie muss nur lachen und auch sagen »Fantastisch! Gratuliere!«. Sie bekommt von Étienne sogar einen Kuss auf die Stirn und ist ganz verblüfft, dass sie von seiner überschäumenden Freude auch einen Spritzer abbekommt. Mit einer fröhlichen Feierlichkeit hebt Étienne sein Glas, und die anderen tun es ihm gleich, er ruft: »Auf unsere CEO!«, Rémi und Claudia wiederholen es im Chor und trinken darauf.

Sobald sie das Prickeln der Bläschen auf ihrer Zunge spürt, lässt Claudia die Hand wieder sinken. Sie muss das unbekannte Leben schützen, das in ihr heranwächst. Sie schaut um sich. Niemand fragt, weshalb sie nicht trinkt, niemand versucht, ihr Geheimnis zu lüften. Ihr Blick wandert zu den Zucchiniblüten, sie sind jetzt kalt, Johar hat ihre gar nicht angerührt, und auch die anderen haben sie kaum probiert. Das schöne, leuchtende Orange der Blüten, als sie aus dem Ofen kamen, hat sich verdunkelt, die Blattspitzen schrumpeln über den prallen, weißlich gefüllten Bäuchen zusammen.

Ein leichter Schwindel, und Claudia muss sich am Tisch festhalten. Abermals durchfährt ein heftiger Schmerz ihren Leib. Wie ein Aasfresser, der seine Hauer in ihren Bauch geschlagen hat und ein Stück Fleisch herausreißen will. Die Stimmen rauschen in ihren Ohren. Sie hört die beiden Männer Johar mit ihrer Bewunderung und Liebe einhüllen, ihr geht durch den Kopf, dass sie offensichtlich das Bedürfnis haben, Johar zu berühren, sie denkt an diese einerseits ungeschickte und andererseits instinktive Geste von Rémi, der Johar an sich ziehen wollte. Dann sieht sie wieder Étienne vor sich, wie er Johars Nacken umfasst und sie beinahe zärtlich gegen seinen Oberkörper presst. Der Abend lässt Claudia frösteln.

Wird Étienne sie ebenso sanft umarmen, wenn sie ihm die Nachricht von ihrer Schwangerschaft verkündet? Die Frage hallt schmerzlich in ihr nach, verliert sich in der großen Leere, die sich in ihr ausbreitet. Wie gerne wäre sie sich dessen sicher.

Wie gerne würde sie, jetzt sofort, ihren Kopf an Étiennes Schulter legen, die Wärme seines großen Körpers an ihrem spüren. Mit diesem Kind kehrt auch die Hoffnung zurück, die bei ihren ersten Treffen in ihr aufgeflackert war. Mit diesem Kind hätte sie vielleicht endlich das Recht, die Tür zu Étiennes Welt aufzustoßen, seine Leidenschaften und sein Wissen mit ihm zu teilen, an seiner Seite all die Reisen zu unternehmen, die wohl sein Schlüssel zur Freiheit sein müssen. Zwei Jahre zuvor hatte Claudia sich an Étiennes Liebesversprechen geklammert wie eine Schiffbrüchige an das rettende Boot, an das sie nicht mehr geglaubt hatte. Seither hat sie sich Stück für Stück von der Strömung in das kalte graue Meer der Einsamkeit ziehen lassen, aber das Kind lässt nun die Hoffnung auf Rettung wieder aufkeimen. Das Kind rettet sie vor dem Ertrinken.

Sie hebt den Blick, die Hand immer noch fest an der Tischkante. Der Krampf, der sich durch ihre Eingeweide gewühlt hatte, war vorbei. Étienne schaut sie nicht an. Er sieht sie nicht. Sie ist nichts. Die Angst bohrt ihr die Klauen in die Brust, kriecht ihren Nacken hoch, krallt sich an ihrem Hals fest. Und wenn sie ihre Schwangerschaft jetzt verkündigte, um Gewissheit zu bekommen? Sie öffnet den Mund, schließt ihn wieder, schluckt die angestaute Tränenflut hinunter. Natürlich sagt sie jetzt besser nichts. Sie würde damit in grotesker Weise die Aufmerksamkeit auf sich ziehen. Sie hatte ja geplant, es ihm am Wochenende zu erzählen. Nur drei Tage musste sie es noch für sich behalten. Drei Tage, und Étienne würde sie wieder lieben.

Unwillkürlich, wie um sich Mut zu machen, hebt Claudia das Kinn, ballt die Fäuste. Sie hört Glas zu Bruch gehen und sieht, ohne zu begreifen, Blut und Champagner auf ihrer Hand ineinanderlaufen, ihren Arm hinabrinnen bis zum Ellenbogen. Das feine Kristallglas hat dem Druck ihrer Finger nicht standgehalten. Die anderen drei sehen sie verwundert an, als ärgerten sie sich über die unpassende Unterbrechung.

»Verflixt, das tut mir leid, ich weiß nicht, wie das passieren konnte … Ich bin so ungeschickt heute Abend. Ich mache das sauber. Bleib hier, Étienne, ich gehe schon. Ich wische das auf. Bei der Gelegenheit räume ich gleich den Tisch ab, es ist eh kalt geworden. Dann können wir zum nächsten Gang übergehen.«

12

Die Worte haben auf Johar den gleichen Effekt wie der Champagner: kleine Wellen der Freude, die von ihrer Brust aus langsam in den Bauch perlen und ihn wärmen. »Du hast es verdient. Du kannst stolz sein. Du wirst fabelhaft sein als CEO.« Die Freude ist umso größer, da ihr der Hauch einer verbotenen Lüge anhaftet. Wobei sie nicht wirklich der Meinung ist, jemanden angelogen zu haben, das wäre zu viel gesagt und moralisch überspitzt, sie hat ja lediglich die Reihenfolge des Prozesses umgekehrt. Zwar ruft sie Carl erst in einer Stunde an, nimmt sich aber jetzt schon die Freiheit, sich in den glänzenden Folgen des Anrufs zu sonnen. Eine unterschlagene Stunde für lange Jahre der Geduld: Daran kann nichts verwerflich sein.

»Gibt es schon einen Zeitplan?«

»Carl wird die Info morgen an die Presse durchsickern lassen. Die Fusion wird noch mehrere Monate in Anspruch nehmen, da gibt es Vorschriften und soziale Schritte einzuhalten – du weißt das besser als ich. Offiziell ernannt werde ich nicht vor der Hauptversammlung im Frühjahr, aber sobald mein Name im Spiel ist, kann ich mich dem Projekt widmen und mein Team zusammenstellen.«

Johar mag die goldenen Bläschen, die auf ihrer Zunge zerplatzen. Sie fühlt sich stark, mit beiden Beinen fest auf dem Boden, ihr Körper konzentriert alles Licht im Salon auf sich. Wenn die Lampen um sie herum leicht flirren, dann nur damit ihr Funkeln sie noch heller umstrahlt. Von der Aufregung nach der Ankündigung ist ihnen allen warm geworden, alle schwitzen, und sie ganz besonders, in ihrer zu warmen Anzughose und der langärmeligen Bluse. Schweiß rinnt ihre Wirbelsäule hinab, und sie fragt sich, ob sich an ihrem Po schon dunkle graue Ringe gebildet haben. Sie hätte doch zum Sommerkleid greifen sollen. Das schwarze Wickelkleid wäre für diesen Moment des Triumphs perfekt gewesen. Sie stellt sich vor, wie sie mit ihrer stolzen Haltung über allem steht, wie der elegante Faltenwurf ihren Hüften schmeichelt. Rémi versucht noch einmal, sie an sich zu ziehen, aber sie weicht keinen Millimeter, sie ist eine Statue, die man mit den Fingerspitzen streift, unsicher, ob es erlaubt ist. Lange her scheinen die Zeiten, als sie sich nicht vorstellen konnte, einen Erfolg woanders als in den Armen von Rémi zu feiern, ihrem größten Bewunderer, ihrem wichtigsten Unterstützer. Mit der früheren Vertrautheit kann sie heute wenig anfangen. Dabei wirkt Rémi gerade aufrichtig glücklich, den säuerlichen Gesichtsausdruck von vorhin hat er abgelegt und zu seinem gewohnten Lächeln zurückgefunden. Früher mochte Johar seine ständige gute Laune, seinen Humor voller Selbstironie, seine beinahe kindliche Begeisterungsfähigkeit. Sie erinnert sich daran, wie sehr Rémis Bewunderung, die wohl schlicht das Gegenstück zu seiner Selbstverachtung ist, ihr in den schwersten Stunden half, auf Kurs zu bleiben. Aber sie hat keine Lust mehr auf ihn. Sie braucht ihn nicht mehr. Heute Abend spielt Johar in ihrem Kopf die alleinige Hauptrolle im Film ihrer Krönung.

»Hast du schon entschieden, wer der Geschäftsführung noch angehören wird?«

Étiennes Worte erreichen sie wie durch einen langen Tunnel. Sie muss sich konzentrieren, um zu antworten: »Du hast es aber eilig! Ich hatte selbst kaum Zeit, die Nachricht zu verdauen. Nun, möglicherweise kann ich eher sagen, wen ich *nicht* in meinem Team haben will …«

»Das glaube ich dir aufs Wort. Die ganze alte Garde, die nicht an dich geglaubt hat, wird sich grün und blau ärgern.«

Étiennes warmherzige Glückwünsche haben etwas Fieberhaftes, fällt Johar auf. Sie kann sich nicht gegen ein gewisses perverses Gefühl der Befriedigung wehren. Rémi hatte ihr am Vortag gesteckt, dass sein Freund beruflich eine schwere Zeit durchmachte. Sie hatte nur gedacht: So ist es mit den Dilettanten, am Ende werden sie entlarvt. Und heute Abend, da sie tief in Étiennes graue Augen schaut, diese Augen, denen drei tiefe Furchen auf der Stirn eine noch tragischere Aura verleihen als dem jungen Mann von früher, fragt sie sich, ob er sich der Ironie seiner eigenen Worte bewusst ist: Er selbst hatte nicht an sie glauben wollen, nicht mehr als die alte Garde, über die er gerade herzieht.

Johar lernte Étienne damals, vor fast zwanzig Jahren, in seiner Wohnung in der Rue des Saints-Pères kennen, die Eltern waren gerade in die Normandie gezogen und hatten sie ihm überlassen. Rémi, der vor ihr angekommen war, öffnete ihr und führte sie in beinahe andächtiger Stille in den Salon. Sie hatte das Gefühl, eine zweifarbige Welt zu betreten, einen Märchenwald, in dem das Braun des Parketts und der wandhohen Bücherregale perfekt mit dem Grün der Samtvorhänge, der alten Sessel und ledernen Bucheinbände harmonierte. Sie hatte Étienne erst gar nicht gesehen, bis er sie mit »Guten Tag, Johar« begrüßte und sie aus ihren Gedanken herausriss. Sie sah hoch und erblickte ihn auf einer der Leitern, die bis nach ganz oben reichten, wo er auf der Suche nach einem bestimmten Buch war, das er Rémi ausleihen wollte. Er hatte sich nicht die Mühe gemacht herabzusteigen, um den neuen Gast zu begrüßen. Im Gegenteil, er hatte seine Position genutzt, um sie von oben herab eingehend zu mustern.

Jahrelang war Johar das Gefühl nicht losgeworden, dass Étienne, wenn er das Wort an sie richtete, nur durch diverse Schichten von Kultur und Bildung zu ihr sprach, die zwischen ihnen lagen. Von seiner Leiter herab. Doch heute Abend hat sich der Blickwinkel umgekehrt. Heute Abend sieht die zukünftige CEO, die Étienne einmal als »pittoresk« bezeichnete, wie Rémi ihr ungeschickterweise weitergetragen hatte, vom Gipfel ihres Ruhms herab, und Étienne ist winzig.

»Bitte?«, fragt Étienne.

Johar war das »Étienne ist winzig« laut herausgerutscht.

»Nichts, entschuldige, ich habe an etwas anderes gedacht.« Johar strengt sich bei der Artikulation ihrer Worte an. Sie möchte etwas hinzufügen, um abzulenken, aber ihre Gedanken lösen sich in dem Alkoholdunst auf, der in ihrem Kopf wabert. Sie ist nicht mehr gewohnt, so viel zu trinken. Ihr fällt wieder ein, dass sie seit heute Morgen quasi nichts gegessen hat. Sie fährt sich mit der Zunge über die zu trockenen Lippen. Sie sollte ein Glas Wasser trinken. Sie geht an das geöffnete Fenster. Die Luft steht, keine Brise trocknet ihre feuchte Haut. Die beiden Männer sind ihr gefolgt, belauern sie wie die Geier, rücken zu dicht an sie heran, ihr kommt es plötzlich vor, als wären die beiden schuld, dass ihr so heiß ist, ihre Bewunderung ist ein klebriger Haufen, aus dem sie sich nicht befreien kann.

Sie beobachtet Rémis fiebriges Lächeln, den Schweiß, der über seinem Mund perlt, wie Étienne seine Augen gefällig zusammenkneift, sie hört, wie beide ihre Flut an Schmeicheleien über ihr auskippen, sie sieht sich selbst auf deren Gesichtern glänzen – so glatt, dass es einem übel werden kann, dass ihr die Armseligkeit dieser Spiegelfläche unerträglich wird. Sie stellt das Champagnerglas ab, selbst überrascht, wie schnell der Rausch der Freude in Ekel umgekippt ist. Sie lässt ihren Blick durch den Raum schweifen, schaut zum Salon und durch die Glaswand, auf der Suche nach dem einzigen Menschen, der nicht versucht hat, sie mit seiner Lobeshymne zu ersticken.

»Ich gehe Claudia in der Küche helfen.«

Rémi und Étienne sehen sie an, wundern sich über die Dringlichkeit in ihrer Stimme, ergeben sich dann aber der Selbstverständlichkeit, dass zwei Frauen das Essen zubereiten.

13

»Kommst du für eine Zigarette mit auf den Balkon?«, fragt Rémi.

»Willst du, dass ich rückfällig werde?«, antwortet Étienne, mit den Gedanken woanders.

»Nicht doch, du sollst ja nicht mit mir rauchen. Aber du willst mir doch nicht erzählen, dass du nicht mal mehr den Geruch erträgst? Lass uns fünf Minuten Luft schnappen, bevor Claudias Höllencurry uns die Geschmacksknospen verbrennt.«

Étienne folgt Rémi widerwillig. Was er bräuchte, wäre ein Moment zu zweit mit Johar, nicht mit Rémi. Der lehnt schon im Rahmen der Balkontür, in respektvollem Abstand zum Abgrund. Man kann nicht sagen, dass er Höhenangst hat, aber er ist lieber vorsichtig. Aus der hinteren Hosentasche seiner Jeans holt er jetzt eine halb zerdrückte Schachtel Zigaretten heraus. Étienne, auf das schmiedeeiserne Geländer gestützt, beobachtet, wie die Passanten durch den sich lang hinziehenden Abend spazieren. Ein paar Teenagerinnen gehen, die Arme gegenseitig um die Taille gelegt, laut schwatzend den Boulevard entlang. Es ist schon dunkel, aber er blickt ihren milchig leuchtenden, runden Schultern und den von ihren Kleidern unbedeckten Rücken nach.

Rémi wiederum sieht neidisch die Schulterblätter seines Freundes durch das leichte Baumwoll-T-Shirt hervortreten, die Furchen auf seiner Stirn und an den Mundwinkeln, die ihm mehr denn je das Aussehen eines Schauspielers verleihen. Schade, dass er nicht mehr raucht, denkt Rémi, das gäbe ein Bild wie aus einem amerikanischen Film der Fünfzigerjahre. Er zündet seine Zigarette an, schaut in das Blätterraster der Platanen vor seinen Augen, fragt sich, wie alt diese Bäume wohl sind, dass sie bis zur fünften Etage reichen. Ihre Blätter färben sich langsam gelb. Bald ist der Sommer vorbei. Besser so. Rémi sehnt sich nach der Melancholie des Herbstes, nach seinem fein nuancierten Farbenteppich, dem Geräusch der feuchten Blätter. Er fand den Urlaub in Griechenland grässlich. Er hat das Gefühl, drei Wochen lang vom grellen Blau des Meeres und dem Weiß der Dörfer geblendet worden zu sein, drei Wochen lang terrorisiert vom ohrenbetäubenden Gelärme der Grillen und verbrannt von der Sonne. Johar hatte zwei befreundete Paare mit deren Kindern eingeladen, und kaum dass sie als eben noch stolze

Hausbewohner die Führung der Gäste durch das riesige Anwesen mit Blick aufs Mittelmeer beendet hatten, begriff Rémi, dieser Urlaub würde anstrengend werden. Jeden Tag aufs Neue wunderte er sich, wie herrlich die anderen anscheinend die nicht enden wollenden Mahlzeiten fanden, die Nachmittage, an denen man, noch klebrig vom Salz und Sand, unter der Pergola eindöste, wobei deren Sonnenschutz den Strahlen wenig entgegenzusetzen hatte. Die Monotonie der Tage, an denen sie kaum etwas anderes taten als schwimmen und essen, war ihm unerträglich. Er hatte den ewig Gutgelaunten gemimt, denn das erwarteten alle von ihm, aber die Posse hatte ihn erschöpft.

Nach der Abreise ihrer Gäste hatte er eine Woche lang nur geschlafen, um sich davon zu erholen. Ganz nebenbei konnte er so die Augenblicke zu zweit mit Johar auf ein Minimum begrenzen. Ihre wenigen Unterhaltungen waren anstrengend genug gewesen. Denn die alles einnehmenden Sprösslinge ihrer Freunde zu Beginn des Urlaubs führten unweigerlich zur Diskussion über das Kinderthema. Allerdings hatte selbst dieses Thema verglichen mit früher seine Schärfe verloren. Und als sie vorgaben, über Kinder zu diskutieren, die sie nicht hatten und niemals haben würden, war das letztlich nichts anderes als eine traurige Komödie. Sie sprachen darüber nur noch in der Vergangenheit.

Wenigstens hatte er, zwischen Johars endlosen Bädern im Meer und ihren täglichen Jobtelefonaten, in der letzten Woche Gelegenheit gehabt, sich zurückzuziehen, um Manon anzurufen. Ihre Stimme erfrischte ihn wie ein Schluck Wasser den Verdurstenden in der Wüste. Manon hatte mehr als Sarkasmen und Ansagen für ihn übrig. Sie wusste ihn durch kleine Alltagsanekdoten zu rühren und zu erheitern. Sie hörte ihm zu.

Rémi bemerkt, wie Étienne sich ihm zuwendet und ihn nachdenklich ansieht, als zögerte er, ihn etwas zu fragen. Rémi hofft, dass er die Organisation dieses Abends zu würdigen weiß. Johar zu überzeugen war nicht einfach gewesen. Aber Étienne brauchte dieses Treffen, und Rémi ist ihm etwas schuldig, schließlich hat er ihn immer gedeckt, wenn er zu Manon entkommen war.

»Na komm, gib mir schon eine Zigarette. Diese Rolle vom perfekten Kerl liegt mir nicht. Außerdem sollte ich die Gelegenheit nutzen, solange ich noch keine Kinder habe.«

»Also planst du wirklich Kinder mit Claudia?«

»Schon … anscheinend muss man sich ja mal festlegen, oder?«

Rémi ringt sich ein kleines Lachen ab. Der Gedanke, dass Étienne ein Kind haben könnte und er nicht, schmerzt ihn in Wahrheit fürchterlich.

»Wir waren so verrückt früher … Hätten wir uns jemals vorstellen können, wie wir mit vierzig Jahren auf dem Buckel mal sein würden?«

Rémi ist sich nicht sicher, wie er Étiennes Frage auffassen soll. Was übersteigt das Vorstellungsvermögen seines Freundes mehr: Rémis Aufstieg aus einer bescheidenen Kaufmannsfamilie aus Reims, wo er aufgewachsen war, in die höchsten Sphären der Pariser Businesswelt, mit der er dank Johar inzwischen verkehrt, oder Étiennes eigener Werdegang, der vermutlich weniger glänzend gewesen war, als dieser es sich vorgestellt hatte? Oder spielt Étienne auf ihre holprigen Liebesleben an? Rémi findet das alles ziemlich abgedroschen.

»Ich weiß nicht. Ich hab mir nicht groß etwas vorgestellt, als wir jung waren, und so verrückt waren wir auch nicht, soweit ich mich erinnern kann. Wahrscheinlich war mir nicht klar, aus wie vielen Kompromissen das Leben besteht.«

Étienne hört ihm nicht zu. Er zieht hektisch an seiner Zigarette, schaut auf sein Telefon.

»Ich muss noch einen Anruf erledigen.«

Dann, als ob er Skrupel hätte, seinen Freund so plötzlich stehen zu lassen:

»Wird nicht leicht für dich werden. Als Mann vom Boss. Du nimmst es mit einem Lächeln, ich an deiner Stelle könnte das nicht. Ein Glück hast du deine kleine Manon, um dich auf andere Gedanken zu bringen.«

Rémi zuckt mit den Schultern. Sein Lächeln war echt gewesen. Er hat genügend Schlachten an Johars Seite gekämpft, er hat genügend an sie geglaubt, um sich ganz ehrlich über ihre Ernennung zu freuen. Auch verspürt er eine gewisse Erleichterung. Er hat Johar rückhaltlos unterstützt – auch wenn er weiß, dass sie ihn seit einigen Jahren nicht mehr braucht. Er hat sie zu ihrem Ziel begleitet, trotz des Grabens, der sich mit der Zeit zwischen ihnen aufgetan hat. Er hat das Ende der Strecke erreicht. Jetzt ist er frei.

14

Claudia hat Johar nicht in die Küche kommen hören. Sie steht auf einem Stuhl und durchsucht einen Hängeschrank nach einer Platte, groß genug für den Berg von Curry, den sie gekocht hat. Sie bekommt eine grün getupfte Schale zu fassen und steigt hinab, hält sich dabei am Schrank fest.

Johar wartet ab, bis sie wieder am Boden und die Schale sicher auf der Arbeitsplatte steht, bevor sie sich bemerkbar macht.

»Bist du unter die Akrobaten gegangen? Das ist nicht ungefährlich.«

Claudia fährt zusammen. Kurz fragt sie sich, ob hinter Johars Worten noch eine andere Botschaft steckt – könnte jemand endlich etwas bemerkt haben?

»Entschuldige, ich habe dich erschreckt, ich wollte dich nicht stören. Bekomme ich bei dir ein Glas Wasser?

»Ja, natürlich.«

»Danke.«

Johar trinkt das eiskalte Wasser in einem Zug aus.

Sie trinkt zu schnell, jetzt ist ihr ein wenig übel. Die Küchenwände bewegen sich. Die geraden Linien des Schachbrettmusters verformen sich bedrohlich.

»Darf ich mich eine Minute zu dir setzen?«

»Sicher. Das Essen ist fertig. Nur die Platte, die ich ausgesucht hatte, war zu klein, ich bin so große Gesellschaften hier nicht gewöhnt …«

»Mach dir keine Gedanken, lass dir Zeit. Schau mal, sie quatschen noch auf dem Balkon, wie zwei alte Freunde, die sich über ihr Wiedersehen freuen. Und mir geht es gut hier. Das erinnert mich an die Küche meiner Mutter.«

Johar wundert sich über ihre eigenen Worte. Sie macht seit Jahren einen Bogen um die Küche ihrer Mutter. Bei der üblichen Einladung zum Essen nach Noisy-le-Sec, die Rémi und sie nur widerwillig annehmen – einmal im Jahr, das Minimum, um einen Wutausbruch ihrer Eltern zu vermeiden –, legt sie es stets darauf an, mit genügend Verspätung zu kommen, um nicht den Fuß hineinsetzen zu müssen.

»Wirklich? Wie schön, dass deine Mutter dir die Liebe zum Kochen vermittelt hat. Meine hatte nie Zeit dafür. Ehrlich gesagt hatte sie nie Zeit für irgendetwas, das mit ihren Kindern zu tun hatte.«

Meine Mutter hatte auch nie Zeit für ihre Kinder, geht Johar durch den Sinn. Immer ging es nur darum, den ungeheuren Appetit der Männer zu befriedigen. Just als sich dieser Gedanke in ihrem Kopf formt, kommen tief verborgene Erinnerungen in ihr hoch, Ferienerinnerungen, noch aus der Zeit, bevor der Anblick ihrer Mutter in der Küche sie in Rage versetzte. Sie erinnert sich an die kindliche Müdigkeit, wenn sie frühmorgens in Tunis, der Körper noch schwer und der Mund noch klebrig von der Nacht, durch das Zimmer mit den verschlossenen Fensterläden tapste und versuchte, nicht auf ihre Cousins zu treten, die auf den am Boden des ganzen Zimmers ausgelegten Matratzen schliefen. Sie schlich sich in die Küche, wo Mutter und Tante miteinander flüsterten. Auf sehr niedrigen Hockern saßen sie und bearbeiteten gemeinsam das butterfarbene Couscous. Johar vergrub ihren wuscheligen Kopf im Schoß ihrer Mutter, um die noch schlafmüden Augen vor dem schon grellen Sonnenlicht zu schützen. Sie ließ sich von der geheimnisvollen Melodie der gemurmelten arabischen Wörter wiegen. Bekam sie Hunger, nahm sie sich ein Stück Brot, innen zu pappig und außen zu trocken, die Art von Brot, das ihre Eltern noch jahrelang in der Bäckerei von Noisy herstellten, bevor sie die Kunst des französischen Baguettes beherrschten. Still kaute sie auf dem Brot herum. Stunden vergingen, die Bruthitze des Augusts füllte den Raum nach und nach aus, trotzdem durfte kein Handgriff ausgelassen werden. Auf dem schmalen Balkon wurde der Kanoun angezündet, und in seiner Glut rösteten Paprika und Tomaten, die von der Tante in regelmäßigen Abständen um ein Viertel gewendet wurden, wobei sie sich notwendigerweise jedes Mal die Finger verbrannte, ohne dass ihr jemals in den Sinn kam, eine Zange zu Hilfe zu nehmen. Zwischenzeitlich waren auch die Cousins aufgewacht und riefen Johar zum Spielen auf den Platz hinunter, aber meistens blieb sie lieber oben und besah sich das Spektakel, das sich vor ihren Augen abspielte, die schälenden, schneidenden, hackenden Klingen, die knetenden Hände, die Batterie aus Weißblechtöpfen, die mit zunehmender Hitze auf dem Gasherd klapperte. Sie lauschte dem siedenden Öl in den Pfannen, dem vibrierenden Couscous-Topf.

Was danach kam, kann Johar nicht mehr mit Kinderaugen sehen. Nur im anschuldigenden Licht ihres Erwachsenenblicks. Die Männer – ihre Onkel, ihre älteren Cousins und häufig auch Gäste, die sie innerhalb der Familie nicht recht zuordnen konnte – erwarteten ruhig sitzend, wie sich die Gänge auftischten. Erst am Ende der Mahlzeit teilten sich Frauen und Kinder, im Kreis auf kleinen Hockern oder direkt auf dem Boden, gierig die lauwarmen Reste. Mit bloßen Händen griffen sie nach dem weich gewordenen Gebratenen. Sie wühlten sich durch das Couscous, das sich mit der Sauce zu harten Bällchen verklebt hatte, auf der Suche nach einem übersehenen Stück Fleisch. Dann bereitete ihre Mutter den Tee. Sie kochte die Blätter aus, kippte den ersten, zu bitteren Aufguss weg, kostete den nächsten mehrmals, bis sie sicher war, die richtige, widerlich süße Menge Zucker dazugegeben zu haben, die die Männer verlangten. Ihre Tante füllte währenddessen drei große Weißblechwannen mit warmem Wasser, in dem sie etwas Pulver auflöste, und begann, das Geschirr hineinzulegen. Die Männer, gesättigt von Fett, Gewürzen und Zucker, dösten nacheinander weg, während die Frauen und älteren Mädchen noch bis in den Nachmittag beschäftigt waren, bis zu der Zeit, wenn die Stadt, das ganze Land, in Schläfrigkeit und Hitze erstarrten.

Als Jugendliche versetzte dieses Ritual Johar so sehr in Rage, dass sie ihre Mutter anschrie. Mehr noch als das tunesische Original machte die französische Vorstadt-Replik sie verrückt.

»Drüben kannten sie es nur so, da wolltest du sie nicht betrüben, das lasse ich noch durchgehen – aber hier? Findest du nicht, er könnte mal mit anpacken und seine Frau an den Tisch bitten, wenn seine Freunde zu Besuch sind? Deine Schwester arbeitet nicht. Wenn es ihr Spaß macht, bei Morgengrauen aufzustehen, um sechs Stunden lang Couscous zuzubereiten, dann ist das nicht mein Problem, aber du bist sechs von sieben Tagen ab frühmorgens auf den Beinen, wie er! Ruh dich am siebten aus!«

Als Rémi das erste Mal zum Essen zu ihren Eltern mitkam, hatte Johar gedroht, sofort die Wohnung zu verlassen, wenn ihre Mutter sich nicht zu ihnen an den Tisch setzte. Das ganze Essen lang, das beiden Frauen endlos vorkam, wenn auch aus verschiedenen Gründen, fesselte Johar ihre Mutter mit zornigen Blicken an den Stuhl und hinderte sie auf diese Weise daran, in die Küche zu laufen. Auch bei allen darauffolgenden Besuchen ihrer Tochter beugte sich die Mutter dieser Bedingung, die für sie die reinste Qual war. Aber Johar wusste, an allen restlichen Tagen war sie wie immer.

Lange Zeit war dieser Zorn angesichts der Unterwerfung ihrer Mutter der Motor ihres Erfolgs. Sie schwor sich, niemals zu kochen. Sie achtete genauestens auf die hälftige Aufgabenverteilung zwischen Rémi und ihr. Vor allem hatte sie beschlossen, zu dem Typ Frau zu werden, den man nicht in die Küche verbannte. Sie würde eine andere Frau werden als ihre Mutter. Dann, eines

Tages, Johar kann nicht mehr genau sagen, wann, hatte sich ihr Zorn gegen die Mutter gelegt und war einer nüchternen Gleichgültigkeit gewichen.

Johar sieht Claudias Rücken sich anspannen, als sie den schweren Topf vom Herd nimmt, um ihn auf die Arbeitsplatte zu stellen, mit dem Blick folgt sie ihren Händen, wie sie erst die Sauce unterrühren und dann alles in die Schale löffeln, gebannt von diesen Gesten, die Johar sich selbst seit der Jugend verbietet.

Claudia hebt den Kopf und signalisiert ihr, dass alles bereit ist. Johar fühlt sich etwas besser. Der Fliesenboden verläuft wieder in Geraden und rechten Winkeln, der dichte Nebel, der sie umgeben hatte, verzieht sich langsam. Dennoch verspürt sie wenig Lust, die würzige Wärme der Küche aufzugeben für die groteske Komödie, die sich im Salon abspielt. Noch einen Moment möchte sie sich wiegen lassen von der Erinnerung an den Singsang der Stimmen, im Rhythmus der Bewegungen der Frauen, die sie großgezogen haben. Verblüfft wird ihr klar, was sie sich in diesem Augenblick wünscht – die weichen, weil immerzu von Olivenöl benetzten, streichelnden Finger ihrer Mutter an ihren Schläfen. Johar die Starke, Johar die Kriegerin, nur einen Anruf beim Chef entfernt von ihrem strahlenden Sieg, begreift, dass sie sich innig nach mütterlicher Zärtlichkeit sehnt, ein Sehnen, das sie glaubte, lange hinter sich gelassen zu haben. Sie hat das Gefühl, eine offene Wunde entdeckt zu haben, deren Schmerz betäubt, die aber immer da gewesen war, seit Jahren versteckt in ihrem Innersten, und die sich einzig durch die Pflege ihrer Mutter Hände verschließen würde. Sie schaut Claudia an, stellt sich kurz vor, wie die junge Frau aus der Schale das zarteste Stück Fleisch angeln und ihr heimlich in den Mund schieben würde, wie ihre Mutter es früher getan hatte.

»Darf ich dir den Reis in die Hand drücken, Johar?«

Claudia hat den Reis mit einigen Prisen Safran angerichtet. In den roten Spuren, die den Reisberg überziehen, glaubt Johar einen Riss zu erkennen.

15

»Und, was meinst du, Johar, sollten wir uns schon ein paar Anekdoten zurechtlegen für all die Journalisten, die uns anrufen werden, weil sie an einem Porträt über dich schreiben?«

»Ja … Wäre nicht schlecht! Das interessiert die Leser der sogenannten Wirtschaftsblätter doch immer viel mehr als Unternehmensstrategien oder Umsätze.«

»Was für ein Glück, dass Rémi mir immer alles erzählt hat, jedenfalls bevor du ernst gemacht hast mit deiner Zensurpolitik.«

Johar lächelt. Sie braucht niemandem das Reden zu verbieten. Mit der Zeit hat sie aus sich eine vollkommen glatte Persönlichkeit gemacht, ohne die kleinste Unebenheit.

Rémi hat schon einen Löffel Curry im Mund.

»Hmmm, köstlich, Claudia. Übrigens glaube ich nicht, dass ich dir alles erzählt habe, Étienne. Die Joharsche Omertà gab es schon seit den ersten Jahren. Weißt du zum Beispiel, wie das allererste Vorstellungsgespräch bei Oryx damals ausging?«

»Das mit Denis? Der Denis mit dem Buch?«

Denis G. hatte Johar an ihrem ersten Arbeitstag *Die Kunst des Krieges* geschenkt. Er bewahrte in seinem Büro einen kleinen Stapel des Klassikers auf und brüstete sich damit, aus seinen neuen Rekruten mit der Hilfe jenes militärischen Werks Erleuchtete zu machen.

»Ja, du hast ein gutes Gedächtnis, Étienne, der Denis mit dem Buch. Es muss noch irgendwo bei uns herumliegen, wie neu, ohne einen Knick. Du könntest den Journalisten schon mal erzählen, dass Johar das Buch nicht einmal aufgeschlagen hat.«

»Das würde Denis schlaflose Nächte bereiten«, lacht Johar.

»Stimmt, aber wir würden dem armen Kerl eigentlich einen Gefallen tun, wenn wir ihm klarmachen, dass die pickeligen Entwickler, denen er das Buch schenkt, sich für Kriegsstrategien ungefähr so sehr interessieren wie für die Flora von Kamtschatka.«

»Das trifft auf mich nicht wirklich zu, wie du einsehen musst, Rémi. Erstens war meine Haut immer astrein. Zweitens wäre ich ganz ohne Strategie nicht so weit gekommen. Ich hatte nur keine Zeit zum Lesen.«

Sie arbeitete damals wie eine Besessene. Tagelang prüfte sie Codezeilen, schlief abends über den

Präsentationen für die Kunden ein, stand bei Sonnenaufgang auf, um die Stunden nachzuvollziehen, die ihre Leute den Kunden in Rechnung stellten.

»Jedenfalls, dieses erste Gespräch mit Denis …«

»… das überhaupt nur stattfand, weil er gar nicht auf die Idee gekommen war, dass Johar ein weiblicher Vorname sein könnte …«

»Sie hatte ihn nach dem Gespräch total auf ihre Seite gezogen, wie sie es so gut kann. Er war davon überzeugt, dass sie zwölf Programmiersprachen beherrscht. Sie hat ihm erzählt, dass sie seit ihrem vierten Lebensjahr sämtliche Cousins im Griff hatte und sie mit Backpfeifen auf Spur brachte – damals spielte der sogenannte *empathische Führungsstil* glücklicherweise noch keine Rolle –, sodass er darin nichts Schlechtes gesehen hat. Johar, die Löwin, geht als Siegerin aus dem Gespräch. Das Raubtier hat seiner Beute keine Chance gelassen. Als sie nach dem Gespräch gehen will, sagt der Kerl zu ihr, dass er jetzt auch losmüsse, nach Hause zum Essen – ja, das war, als man noch nicht gefeuert wurde, weil man sich lieber mit seiner Frau zum Essen trifft, als in zwölf Minuten ein Sandwich zu verschlingen. Sie verlassen also gemeinsam das Gebäude, gehen die verwahrloste Straße in Vitry-sur-Seine lang, wo diese ominöse Niederlassung ihre Büros hatte. Denis beobachtet, wie Johar auf den alten braunen Peugeot

205 zugeht, in dem ich auf sie warte. In dem Moment sieht sie einen kurzen Zweifel in seinem Blick aufflackern und geht zu dem Kerl zurück. Als er sie fragt, was sie da macht, sagt sie: *Ich wollte nur mal sehen, was dieser komische Typ da in der Schrottkarre veranstaltet.* Dann hat sie sich ein Taxi bestellt und zum nächsten Bahnhof fahren lassen, während ich weiter wie der letzte Idiot auf sie warte.«

Étienne lacht laut los. Er erinnert sich sehr gut an den grässlichen Peugeot 205, den Rémi mit fünfundzwanzig fuhr. Es war ein gängiger Witz zwischen ihnen, dass das Auto seine Farbe vom schlammigen Grund der Seine hatte, aus der Rémi es herausgefischt hatte.

»Stimmt, du hast mich zu allen wichtigen Vorstellungsgesprächen begleitet. Ich habe irgendwie gespürt, dass Denis niemals jemandem vertrauen könnte, der in so einem Blechhaufen unterwegs ist.«

Der Hauch von Nostalgie, den Rémi aus Johars Tonfall heraushört, ist Balsam für ihn. Die Erinnerung an ihre ersten Jahre rührt sie also auch. Er hegt und pflegt in seinem Gedächtnis diese Geschichten von ihren Ausflügen mit dem Auto, die manchmal im Straßengraben einer Landstraße endeten, wo sie zwischen mannshohem Unkraut auf den Abschleppwagen warteten. Oder die von ihren Wanderungen in den Bergen, die sie stets erst im

Dunkeln und rennend zu Ende brachten, weil keiner von beiden die Wanderkarte lesen konnte. Einen festen Platz in seinem Gedächtnis haben auch die Bilder von Johars Lachanfällen, weil er wieder einmal mit einer dieser verrückten Perücken auf dem Kopf vom Afro-Frisör auf dem Boulevard de Strasbourg heimkam, über den er gerne einen Umweg machte, wenn er wusste, dass sie vom Stress ihrer bevorstehenden Deadlines im Job völlig erledigt zu Hause in der Rue Cail saß. Es kommt immer noch ab und zu vor, dass er dieses persönliche Erinnerungsalbum melancholisch im Geiste durchblättert. Aber mit der Zeit wurden die wenigen neuen Abzüge erst unschärfer, dann farblos, bis zuletzt die Seiten gänzlich leer blieben. Johar braucht die Perücken nicht mehr. Johar fürchtet sich nicht mehr. Sie ist eine Maschine geworden, sie beherrscht die Kunst des Krieges. Rémi fragt sich manchmal, ob sie weiß, wofür sie kämpft.

Er lässt sich den perfekt gegarten Safranreis auf der Zunge zergehen, die saftigen Rosinen. Das Gericht schmeckt nach dem Zimt seiner Kindheitswinter. Gerade braucht Rémi Zucker. Sein Körper lechzt nach Zucker. Sein Körper lechzt nach dem zuckersüßen Körper von Manon.

Diese Woche hat er es nicht geschafft, sie zu sehen, ebenso wenig letztes Wochenende. Wenn er einmal von den Konferenzen mit dem ganzen Kollegium vor dem Beginn des neuen Schuljahres absieht, hat er Manon seit seiner Rückkehr aus Griechenland nur dreimal gesehen. Das reicht ihm nicht. Es reicht ihm nicht mehr. Er denkt an die ersten Momente ihrer Affäre zurück, an letzten Herbst, als er noch dachte, dieses Versteckspiel zu dritt unter Kontrolle zu haben: Er, Johar und die junge Physiklehrerin mit den schrecklich anziehenden Sommersprossen und den Rehaugen, die seit Neuestem Teil der geschlossenen Gesellschaft war, die die Vorbereitungsklassen am Lycée bildeten. Manon war eingeschüchtert von dem Einsatz, den ihr diese erste Stelle abverlangte, von den Schülern, die kaum jünger waren als sie, und von dem Druck, möglichst viele von ihnen durch die Aufnahmeprüfungen der Grandes Écoles zu bringen. Gab Rémi ihr Tipps, hing sie an seinen Lippen, und er stellte mit Verwunderung fest, dass er noch anziehend wirken konnte. Sie vertraute sich ihm an, sie rief ihn an, wenn sie nicht weiterwusste. Er war überrascht gewesen, in ihren Augen etwas wie Bewunderung zu sehen, wenn er vor den anderen Lehrern das Wort ergriff. Seine verloren geglaubte, auferstandene Anziehungskraft berauschte ihn und verlieh ihm ein wahnwitziges Selbstvertrauen. Er hatte den Funken des Begehrens bei Manon aufblitzen sehen und gedacht, er könne damit spielen, ohne Risiko, sich die Finger zu verbrennen. Als sie ihn einlud, bei ihr zu Hause einen Kaffee zu trinken, eines Nachmittags, als sie beide keinen Unterricht hatten, dachte er ungerührt: Ich werde Johar betrügen.

Nicht nur hatte er seiner Frau gegenüber kein Unbehagen gefühlt, sondern vielmehr einen gewissen Stolz empfunden. Manon war Single. Er wäre derjenige, der sich organisieren müsste, wie im Film, seine Rolle würde die des verheirateten Mannes mit dem Doppelleben sein, die des geschickten und berechnenden Liebhabers. Er würde das Tempo der Beziehung vorgeben, Manon würde sich anpassen müssen, er hatte eine Frau, und nicht irgendeine, eine mächtige Frau, die von dieser Sache keinesfalls erfahren durfte. Glücklich entdeckte er mit Manon wieder, wie berauschend Sex sein konnte, er freute sich auf die von ihm arrangierten Nachmittage in der feuchten Wärme ihres Betts und an ihren erhitzten Körper geschmiegt. Allerdings währte die eingebildete gesunde Distanz zu ihr nur kurz. Rémi stellte bald fest, dass er wie ausgehungert war. Der Liebesentzug, den Johar ihm verordnet hatte, war schrecklich, der Rückfall schwindelerregend. Auf allem und jedem sah er fortan Manons Sommersprossen, er dachte Tag und Nacht an sie, er wollte sie im Lehrerzimmer umarmen. Zudem blieb ihm nicht verborgen, dass auch er bei Manon starke Gefühle auslöste. Es drängte sie, mit ihm ein Film- oder Musikerlebnis zu teilen, ihrer Wut über aktuelle Ereignisse bei ihm Luft zu machen oder ihrer Begeisterung über die Schönheit der Stadt Ausdruck zu verleihen, in der sie erst seit wenigen Monaten lebte. Manchmal musste sie ihre Lust, ihn anzurufen, unterdrücken, wenn es zu einer Tageszeit war, zu der er es verboten hatte, und darunter schien sie aufrichtig zu leiden. Sie nötigte ihn, die säuerliche Ironie abzulegen, mit der er die Welt sah, damit sie besser verstand, was seiner Auffassung nach die Aufgabe von Lehrern war und im weiteren Sinne ihre Rolle in dieser Gesellschaft, in der Manon sich einerseits ganz selbstverständlich im Alltag bewegte, aber andererseits im Grunde orientierungslos war. Sie schien Rémis Trauer zu teilen, wenn sie, taktvoll zwar, aber mit Bestimmtheit, über das sprachen, was das große Tabu seines Lebens geworden war: die Abwesenheit von eigenen Kindern. Er hatte bisher nicht gewagt, von einem Leben mit ihr zu sprechen, dabei kam ihm der Gedanke an ein Leben ohne sie inzwischen völlig absurd vor.

»Dein Curry ist wundervoll, Claudia«, murmelt Rémi, auf dessen Zunge noch der Geschmack von Manons zarter Haut liegt.

»Wirklich? Danke. Ich hatte Sorge, dass es nicht die richtige Jahreszeit dafür ist, aber wenn es euch schmeckt, umso besser. Oh nein, wie dumm, ich habe die gerösteten Mandeln vergessen …«

»Aber Claudia, das macht doch nichts«, fährt Étienne dazwischen.

»Sie sind schon fertig, ich habe sie nur separat vorbereitet, falls jemand das nicht mag. Ich gehe sie holen.«

Claudia spürt Étiennes ärgerlichen Blick auf sich. Sie geht durch den Salon, hebt gedankenverloren Rémis Jacke auf, die vom Sessel, in dem er vorhin gesessen hatte, auf den Boden gerutscht war. Heraus und aufs Kissen fällt ein Telefon. Als Claudia sich hinhockt, um es zurückzulegen, leuchtet es vor ihren Augen grün auf.

Von: Manon

Du hast mich verzaubert.

Plötzlich liegt Étiennes große Hand auf Claudias Schulter und drückt sie genervt. Er nähert seinen Mund ihrem Ohr und zischt sie so wütend an, dass ihr das Blut in den Adern gefriert: »Was machst du, Claudia? Bleib bei den anderen sitzen. Deine Mandeln interessieren kein Schwein.«

16

Étienne sieht Claudia mit der Miene eines traurigen, von seinem Herrchen geschlagenen Hundes zum Tisch zurückkehren. Er selbst steht im Salon, versucht wieder herunterzukommen, atmet langsam. Er weiß, wie ungerecht es ist, an dem armen Mädchen die Heftigkeit seiner Angst auszulassen, und doch kann er nicht anders, als in Claudias melancholischen Augen eine Einladung zu sehen, die schlammige Wut, die ihm bis zum Hals steht, an ihr abzuwischen. Dieser Abend macht ihn rasend. Johar macht ihn rasend. Johar, die vulgär vor ihnen herumprahlt. Johar, die offensichtlich Spaß daran hat, mit Rémi alte Jugenderinnerungen auszugraben, auf die alle pfeifen, anstatt ihm wegen des Mandats zu antworten.

Im Gebäude gegenüber, auf der anderen Seite des Boulevards, verdunkeln sich plötzlich zwei zuvor freudig erleuchtete Fenster, jetzt sind es nur noch zwei graue Lider, die ihm den Einblick in das leuchtende Pariser Innenleben verwehren. Nun schließt Étienne selbst die Augen. Er legt seine

Hand auf die Sessellehne, an der Rémis Jacke hängt, und versucht, sein Gleichgewicht zu halten.

Aus der Tasche seiner Jeans ertönt ein viel versprechendes Pling. Étienne ruft ins Esszimmer: »Ich bringe die Mandeln gleich, Claudia!«, und verzieht sich hinter die Glaswand, um die Nachricht zu lesen, die er bekommen hat. Es ist Alexandra, die ihm antwortet. Als es ihm vor dem Essen nicht gelungen war, kurz alleine mit Johar zu sprechen, hatte er entschieden, die Topnews von Johars Beförderung an Alexandra, die Teamleiterin seiner Kanzlei, durchzustechen. Ganz nach dem Grundsatz, dass Wissen der Schlüssel zur Macht ist. Um 21:45 Uhr hatte er geschrieben:

Info des Tages und aus erster Hand – mit Sperrfrist: Johar Léger wird CEO von Oryx.

Es ist 22:10 Uhr. Alexandra antwortet:

SUPER INFO. GUT GEMACHT.

Ihm entweicht ein Seufzer der Erleichterung. Mit Daumen und Zeigefinger drückt er fest gegen die Augenhöhlen, wie um sie weiter zueinander zu schieben. Er wird doch wohl jetzt nicht anfangen zu heulen wie ein Baby, weil Alexandra ihn lobt. Im Geiste hört er hinter den vier Worten in Großbuchstaben die hoffnungslos näselnde Stimme von Alexandra, er sieht ihr weißes Zahnpastalächeln aufscheinen. Wahrscheinlich sitzt sie gerade bei sich zu Hause, mit einem Glas Chardonnay, und hat es sich auf der Terrasse ihres Penthouse westlich von Paris bequem gemacht, ihren kleinen muskulösen Hintern hübsch verpackt in der engen weißen Jeans, die sie heute Morgen trug, während er, Étienne, in herabwürdigender Weise die Frau seines Freundes zu erweichen sucht. Er denkt darüber nach, ob Alexandras Föhnfrisur auch zu Hause noch dieses perfekte Dreieck bildet, das ihn jedes Mal an das Haupt der Sphinx erinnert.

Das Telefon zeigt ihm an, dass sie erneut dabei ist, ihm zu schreiben. Er hat das Gefühl, sein Herz schlägt im selben Tempo wie Alexandras rote Nägel auf dem Telefon tippen. Nach einem ihm endlos erscheinenden Moment holt ein befreiendes Pling ihn wieder aus seiner Wartestarre.

Von: Alexandra

Habe mich eben mit Grégoire ausgetauscht, der heute Nachmittag ein Gespräch mit dem Fonds W. hatte. Dort sind sie nicht hundertprozentig überzeugt von dem Fusionsprojekt Oryx/Neria, das Carl vorantreibt. Der Vorstand hat für seine Zustimmung zur Bedingung gemacht, dass Carl seine Nachfolge vorbereitet. Grégoire wusste, dass sie eine Frau wollen, aber nicht welche. Sieht aus, als wäre deine Johar für Carl die einzige Chance, vom Board Unterstützung für sein Vorhaben zu bekommen.

Étienne liest die Nachricht mehrmals. Zwar

schreibt ihm Alexandra, aber dahinter steht Grégoire, ihr eigener Chef, der Gründer und Namensgeber. Er schaut auf. Durch die Glaswand, über den Salon hinweg, beobachtet er Johar am Tisch, ihr Gesicht glänzt vom Alkohol oder der Hitze, ihre Brust trägt sie wie einen Harnisch vor sich. Johar glüht vor Freude, ihr Stolz erfüllt den Raum, dabei ist ihr noch nicht einmal bewusst, wie weitreichend ihre Macht ist. Der Gedanke, dass diese Frau, die er nur aus Freundschaft zu Rémi in seinem engsten Kreis zugelassen hatte, allenfalls noch aus einer Vorliebe fürs Exotische heraus, dass diese Frau also zwischen ihren kleinen pummeligen Händen die Zukunft eines Unternehmens von der Größe von Oryx hält, verursacht ihm Übelkeit. Ihm will nicht einleuchten, weshalb sie ein Recht auf diese Macht hat, während er sich mit den Krumen zufriedengeben muss, die Alexandra ihm gnädigerweise hinwirft. Sein Lebenslauf kann sich schließlich auch sehen lassen. Wie sie hat er sich die Nächte im Büro um die Ohren geschlagen, hat in den leeren Blicken der Leute von der Reinigungsfirma nach einem Zeichen von Mitgefühl gesucht. Er denkt an seinen Vater, der ihn drängte, Jurist zu werden wie er, er lacht hämisch auf, als er ihn sich vorstellt, den alten Herrn mit seinem Dünkel, immer glatt rasiert, immer elegant in seinen anthrazitfarbenen Anzügen.

Jetzt begreift er es, sein Leben, daran ändert auch die Verkleidung nichts: Sein Vater hat sich, wie er, tagsüber prostituiert, um an Kunden zu kommen, und nachts hat er sich von ihnen missbrauchen lassen. Und er selbst hat sich, blöd wie er ist, in die Fußstapfen des Alten drängen lassen, ins Bordell der großen Geschäfte.

Étienne schnaubt wütend auf: Sie war doch ohnehin seit seiner Geburt verpfuscht gewesen, die Karriere, schließlich ist er weder eine Frau noch arabisch.

Das dritte Pling lässt ihn hochfahren. Wieder Alexandra. In der kleinen Blase auf dem Display tanzen die Buchstaben einen unheilvollen Reigen:

Da du Johar Léger nahestehst, gehe ich davon aus, du hast schon einen Deal mit ihr, damit wir Oryx bei der Fusion beraten. Grégoire und ich verlassen uns auf dich.

Étienne schiebt das Telefon in seine Tasche, in der Hoffnung, es zum Schweigen zu bringen. Wo hat Claudia bloß ihre bescheuerten Mandeln.

Wissen ist der Schlüssel zur Macht, geht ihm wieder durch den Kopf. Johar weiß bislang nichts davon, dass sie im Augenblick für Carl die einzige Chance ist, sein Fusionsprojekt erfolgreich durchzubringen. Diesbezüglich ist Étienne ihr einen Schritt voraus. Nun stellt sich die Frage, wie er den Vorsprung für sich nutzen kann.

17

Johar pickt eine liegengebliebene Rosine vom Teller und zerbeißt die weiche Beere. Sie leckt sich den Daumen ab und kichert leise, als ihr auffällt, dass sie mit den Fingern gegessen hat. Anscheinend nimmt niemand daran Anstoß. Am liebsten würde sie den Korianderstiel auch noch vom Teller fischen, verkneift es sich aber. Rémi neben ihr wischt seinen Teller aus, malt konzentriert ein orangefarbenes Spiralmuster. Unverbesserlich französisch, denkt Johar, alles wird mit Brot gegessen, sogar ein Reisgericht. Andererseits hätte sie fast Lust, es ihm nachzumachen, Claudias Kochkünste sind eine wahre Freude, eine wahre Freude das kraftvolle Curry, die frischen Kräuter und die Süße der Früchte.

»Weißt du noch, als wir einmal im Sommer bis nach Tarifa fahren wollten, Johar, und das Auto bei Vierzon den Geist aufgegeben hat?«, Rémi hat sich zu ihr gedreht, den Ellenbogen auf dem Tisch, das mit Sauce getränkte Stück Baguette in der Hand, und wartet auf ihre Antwort. Johar hat langsam genug davon, möchte nichts mehr von den alten Geschichten hören, aber plötzlich taucht dieses Bild vor ihr auf, ein wenig verwackelt, überbelichtet, der Traum von einem windumwehten Strand in Spanien, die in einem warmen Bier ertränkte Enttäuschung am Rand einer Nationalstraße. Sie nickt, lässt Rémi weitererzählen. Er kaut langsam auf seinem letzten Bissen. Johar hört ihm zu, wie er von den Abenden erzählt, als sie entdeckten, dass sie beide von Alkohol und Feiern nie genug bekommen konnten, als sie wie im Rausch waren von Johars ersten Erfolgen, und dann die Ausflüge im Peugeot 205, und die Nächte, in denen sie sich stundenlang eine Zukunft ausmalten, die in nichts ihrem Leben von heute entsprach. Sie waren so jung, so ungestüm, so rührend in ihrem Hunger auf Leben, dass Johar – auch wenn ihr klar ist, dass Worte nichts gegen die Jahre der Gleichgültigkeit ausrichten können – das nostalgische Gefühl, das sie ihr Leben lang verächtlich ablehnte, in einer Mischung aus Neugier und Dankbarkeit aufnimmt.

Sie erlaubt sich, den Anruf, den sie Carl schuldet, noch für einige Minuten zu vergessen, und mit ihm die große Entscheidung und den kommenden Ruhm.

Rémi sucht Blickkontakt mit ihr, aber sie wendet ihr Gesicht zum Fenster ab. Sie saugt den blauschwarzen Himmel in sich auf. Weit unten, tief in ihrem Innersten, unter Schichten von Curry, unter ihrer Kriegerinnenrüstung, muss noch etwas von ihr schlummern, irgendwo steckt ein Rest von der Johar, die von der Freiheit einer Eule träumt und sich auf einem Zweig vom Wind schaukeln lässt.

Johar klaubt den einsamen Korianderstiel von ihrem Teller. Die gezackten Blätter entfalten ihren Geschmack, den Geschmack eines letzten gestohlenen Augenblicks.

18

Auf Claudias Teller erstarren langsam die jetzt kalten Reste, die kleinen Reishalden drohen unter dem Gewicht der fest gewordenen Garnitur einzusinken. Sie kann der Unterhaltung von Rémi und Johar nur bruchstückhaft folgen. Immerzu muss sie Rémi anstarren. Ihr Blick gleitet in die kleinen Falten seiner äußeren Augenwinkel hinein, dann weiter über die mit Sauce benetzte Oberfläche seiner Lippen. *Du hast mich verzaubert*, geht ihr wieder und wieder durch den Kopf, und sie wünscht sich, sie könnte sein teigiges Gesicht verachten, seinen plumpen Körper. Sie zwingt sich, Rémi so zu sehen, wie sie ihn immer wahrgenommen hat, als beruhigend farblosen Freund von Étienne, von sympathischer Gutmütigkeit. Aber jetzt schiebt sich das Bild eines Mannes darüber, der einen Jemand namens Manon verzaubert hat. Wer kann sie wohl sein?, fragt sich Claudia. Sie ruft sich den Abend in der Bar ins Gedächtnis, an dem Johar und Rémi sie, jeder auf seine Weise, so gekonnt ignorierten, und ob da nicht ein Gesicht hervorsticht, das sie mit einer Frau namens Manon in Verbindung bringen kann. Sie sieht eine rote Mähne im leuchtenden Licht der Bar flimmern, sie meint, sich an ein grünes Kleid zu erinnern, das sich im Takt der Musik bewegte. Das ist absurd, denkt Claudia, warum sollte Manon gerade bei dieser Party gewesen sein, und warum sollte ich sie gesehen haben? Und zudem ist sie ja vielleicht keine Freundin, sondern eine Kollegin, eine Nachbarin, eine Schülerin. Plötzlich findet sie die letzte Hypothese am überzeugendsten, und in ihrer Vorstellung wird aus dem trübseligen Lehrer, der kaum vermag, seine Schüler der Langeweile zu entreißen, ein verführerischer Redner, dessen junge Schülerinnen sich fasziniert nach dem Unterricht um ihn scharen. Claudia möchte sich Manon am liebsten hässlich vorstellen und kalt, aber die junge Frau, die sich in ihre Gedanken drängt, strahlt vor Frische und Begehren für Rémi. Claudia möchte lieber weiter glauben, dass Rémi niemals jemanden verzaubern könnte, aber die Worte von seinem Telefon klingen in ihr nach wie eine süße Melodie, in die sich ein schmerzlicher Neid schleicht.

Ihr Blick sucht die Räume nach Étienne ab, findet seine Gestalt, die sich in den Tiefen der Küche verloren zu haben scheint. Sie betrachtet die perfekten Kanten seines Profils hinter ein paar eigenwilligen Strähnen, die schöne Linie seines Oberkörpers. Étienne hat die Aura eines Schauspielers. Er hat diese tragische Schönheit zu früh gestorbener Stars. Er ist anziehend wie diese Jungs, in die man sich als Teenagerin unsterblich verliebt, denen man im Schulhof beim Fußballspielen zuschaut, bibbernd vor Sehnsucht und Frust beim Anblick ihres schweißgetränkten Shirts oder aufgeschlagenen Knies. Étienne sollte derjenige sein, dem verzauberte Manons Nachrichten schicken, denkt Claudia, und dann geht ihr durch den Kopf: Vielleicht ist er das ja, nur verheimlicht er es erfolgreicher als Rémi. Claudia ist nicht eifersüchtig auf Étiennes mögliche Bewunderinnen, auf seine unsichtbaren Liebhaberinnen. Resigniert stellt sie fest, dass Étiennes Charme keine Wirkung mehr auf sie hat. Selbst überrascht von ihrer Erkenntnis denkt sie zum ersten Mal, seine eiskalte Perfektion, seinen oberflächlichen Charme überlässt sie gerne anderen.

Eifersüchtig ist Claudia hingegen auf Manon. Manon lebt, pulsiert, liebt. Claudia redet sich ein, dass es bei dieser aus Versehen gelesenen Nachricht nur um banalen Sex gehen kann, um eine Affäre ohne Herz, aber die Worte gehen ihr nicht aus dem Kopf, quälen sie. *Du hast mich verzaubert.* Claudia betrachtet Rémis Schultern, wie sie immer noch nach vorne fließen, und stellt sich vor, wie seine Schultern um Manon fließen, er presst sie an sich, atmet den Duft ihrer Haare ein, sie legt ihren Kopf an seinen Oberkörper, schließt die Augen. Claudia denkt an diese Frau, die es nicht erträgt, einen Abend ohne ihn zu verbringen und darum nicht anders kann, als ihm zu schreiben, auf die Gefahr hin, dass er auffliegt.

»Étienne, was machst du denn«, ruft Rémi. »Vergiss die Mandeln. Von dem köstlichen Curry ist sowieso nichts mehr übrig.«

Étienne gesellt sich wieder zu ihnen, aber mit versteinertem Gesicht und ohne auf Rémis jovialen Zuruf zu antworten. Der reitet weiter darauf herum: »Hast du dich verlaufen oder was? Oder verschickst du heimlich Nachrichten aus der Küche?«

»Nicht doch. Nein. Ich habe die Mandeln gesucht.«

Dann bricht sich seine Wut Bahn, er muss sie an jemandem auslassen, und Étienne schiebt nach: »Ich bin ja nicht wie Claudia, die sich hinstellt und dein Telefon durchsucht.«

Claudia spürt, wie die rote Flut über ihre Brust aufwärts schwappt und ihr Gesicht überrollt. Sie versenkt ihren Blick tief im Teller, möchte ihr Gesicht im Curry verstecken, in der dickflüssigen Sauce untergehen. Sie stammelt ein paar Worte, schüttelt den Kopf, wie um jeden Gedanken daran, dass sie etwas Derartiges tun könnte, wegzuscheuchen. Sie ahnt, wie Rémi und Johar sie gerade ansehen, mit einer Mischung aus Unverständnis und Mitleid. Sie weiß nicht, wofür sie sich mehr schämt – dafür, sich, ohne es zu wollen, auf diese Art in Rémis Privatleben eingemischt zu haben, oder dafür, vor den Augen der anderen für Étiennes Aggressionen herhalten zu müssen.

Nach einer ihr endlos erscheinenden Stille hört Claudia Rémi mit einem gezwungenen Lachen hervorbringen: »Nun denn, und ich, der glaubte, mich bei meinem Anwaltsfreund hemmungslos all meinen Lastern hingeben zu können, wo ich doch durch die Schweigepflicht geschützt bin. Nirgends hat man seinen Frieden.«

Langsam hebt sie den Blick, zugleich erleichtert, dass ihr Gast der Stille, an der sie zu ersticken drohte, ein Ende bereitet hatte, und verletzt, dass er lieber einen Witz daraus machte, als sie zu verteidigen. Ihr Blick gleitet zur nachdenklichen Miene Johars, die wieder in Gedanken ist, macht dann einen weiten Bogen um die abstoßende Übellaunigkeit, die Étienne immer noch aus jeder Pore dringt, um an Rémi hängenzubleiben. Sein in einem verkrampften Lachen erstarrtes Gesicht ist ein einziges Fragezeichen in ihre Richtung.

19

Rémi beobachtet, wie die roten Flecken in Claudias Ausschnitt nach und nach verblassen. In derselben Sekunde, als Étienne mögliche Indiskretionen ihrerseits an Rémis Telefon andeutete, war das gesamte Dekolleté der jungen Frau rot entflammt. Als ob ihre papierdünne Haut in ein Fass mit roter Tinte getaucht worden wäre. Jetzt zieht sich die Farbe zurück, Stück für Stück, sodass in dem v-förmigen Ausschnitt ihres Kleids seltsame geometrische Figuren entstehen. Rémi versucht anhand dieser Hieroglyphen zu deuten, was seine Gastgeberin dermaßen in Verlegenheit gebracht haben kann.

Er brennt darauf, direkt zum Telefon zu rennen, um nachzusehen. Aber er hält sich zurück, er möchte nicht Gefahr laufen, Johars Verdacht zu erregen. Eben hat Claudia ihre Hand an den Hals gelegt, wie um die Beweise ihrer Schandtat zu verstecken. Unterhalb dieser Hand, unter dem dunklen Stoff des Kleides, erahnt Rémi zwei feste kleine Hügel, eher wie die Brüste einer Jugendlichen als die einer Frau. Er kann sich denken, dass ihr Herz rast. Was macht ein verängstigtes Kind, das ein für es selbst zu großes Geheimnis aufgedeckt hat? Es schweigt, versucht Rémi sich einzureden. Es sei denn, Claudia bekäme Panik. Sie könnte die Beherrschung verlieren, wenn der Idiot von Étienne weiter so an ihr rüttelt, und dann hätte sie womöglich das Bedürfnis, sich in die beruhigende Obhut einer Frau zu flüchten und sich Johar anzuvertrauen. Nein, murmelt Rémi vor sich hin, nein, sicher nicht, Claudia ist ja unfähig, zwei Sätze zu sagen. Und doch spielt er diese mögliche Wendung innerlich durch. Er hört Schreie, sieht Tränen und schwarze Wimperntusche über Claudias blasse Wangen laufen, Johars wutverzerrten Mund, die weiß hervortretenden Knöchel ihrer geballten Fäuste, er hört die Worte, die Johar mit dieser Männerstimme ausspricht, die sie immer hat, wenn kalte Wut sie packt: *Verräter, Schwächling, Wurm, Feigling!* Allein die Vorstellung lässt Rémis Adamsapfel schnell auf und ab hüpfen. Er realisiert, dass ein verkrampftes Lächeln seine Gesichtszüge lähmt. Schnell schwenkt er zur nächsten Szene um: Die betrogene Frau hat ihn aus dem Haus gejagt, der geschasste Ehemann findet Trost in den Armen seiner Geliebten. Wieder Tränen und graue Schlieren, die Manons hübsche rosa Wangen mit den Sommersprossen verschmutzen, jetzt allerdings als ein Ausdruck der Freude.

Dieses Mal sind die Worte Balsam auf seiner Seele: *vereint, zusammen, offen lieben.*

Das hier ist vielleicht der Wendepunkt meines Lebens, und ich schaffe es nicht, ihn mir anders auszumalen als eine schlechte Fernsehserie aus den Achtzigern, denkt Rémi. Die ganze Selbstironie vermag dennoch die wichtigste Frage nicht zu verdecken: Will er nicht, dass genau das heute passiert? Vielleicht hat er auf diesen Zufall gewartet, vielleicht ist das sein Schicksal – wer auch immer der Autor von diesem miesen Drehbuch seines Leben ist, bot Claudia die Gelegenheit, aus einer seltsamen Eingebung heraus in seinem Telefon zu schnüffeln, um ihn endlich von den Ketten zu befreien, die ihn an Johar fesseln. Rémi freundet sich mit diesem Gedanken an, betrachtet die Sache aus allen Winkeln, dreht und wendet sie vorsichtig in alle Richtungen wie eine zerbrechliche Kristallfigur.

Es ist Étiennes plötzlicher Einwurf, der ihn aus seinen Träumereien reißt: »Johar, du hast sicher mit Carl schon Gehaltsverhandlungen geführt, oder?«

Johar zuckt mit den Schultern. Étienne lässt nicht locker. Er beginnt, die Gehälter der Manager großer Unternehmen, die er kennt, miteinander zu vergleichen.

Sieht ihm gar nicht ähnlich, so unverblümt über Geld zu sprechen, denkt Rémi, das findet er doch vulgär. In Étiennes Welt wird über Geld nicht geredet, obwohl es überall sichtbar ist, im perfekten Sitz eines Hemdes, in der wildkatzenhaften Silhouette eines Autos, in der samtigen Eleganz eines Weins. Es war auch Étienne, der Rémi in die Kunst eingeführt hat, Geld wortlos zu zeigen. Damals war Rémi ein einfacher Zuschauer, selbst ohne Mittel zum Spielen. Er hatte sich des Öfteren gefragt, weshalb Étienne ihre Freundschaft nicht auf die Bänke der Universität oder die Cafés im Quartier Latin beschränkte, weshalb er ihm die Türen zu privaten Sportclubs und geschlossenen Gesellschaften öffnete. Bis Rémi begriff, dass die größte Lust am Luxus darin bestand, ihn einem Publikum vorzuführen. Der in Strömen fließende Champagner glitzerte nirgends so schön wie in Rémis naiven Augen, und nirgends hallte ein spontaner Trip nach Marrakesch so klangvoll nach wie in seinen gutgläubigen Ohren.

Später war er dank Johars fabelhaftem Aufstieg selbst Teil dieser Welt geworden. Sternerestaurants und weite Reisen waren keine Spinnereien mehr, er hatte die gepflasterten Gassen Capris mit der Lässigkeit desjenigen durchstreift, der sich dort zu Hause fühlt, am Tisch eines namhaften Chefkochs konnte er sich für die Zubereitung eines Bratenjus begeistern wie ein Kenner. Er hatte sich in der Kunst geübt, Geschenke auszusuchen, die etwas über den Schenkenden aussagen, statt dem Beschenkten Freude zu machen, und so waren nach einer Wochenendreise ins Périgord die einen Freunde in den Genuss frischer Trüffel gekommen, während er anderen schon versprach, sie demnächst mit schwarzem Pfeffer frisch aus Kambodscha zu versorgen. Seine Eltern, höchst erstaunt, genossen den Komfort, den ihnen während ihrer Besuche in Paris das Gästezimmer in der großzügigen Wohnung bot, die ihr Sohn und seine Frau bezogen hatten.

Rémi denkt darüber nach, dass von alldem nichts bliebe, würde er sich von Johar trennen. Beim Gedanken, aus dem Garten der Begüterten verjagt zu werden, regt sich Widerstand in ihm. Während Étienne Johar immer noch schwindelerregende Zahlen um die Ohren wirft, beginnt Rémi im Kopf nachzurechnen: Er rechnet sein Gehalt und das von Manon zusammen, zieht die Kosten einer Pariser Mietwohnung ab, sinkt mutlos vor dem mageren Ergebnis zusammen. Zwei kleine Lehrer, denkt er, wir würden das Leben von zwei kleinen Lehrern führen.

Manon lebt in der sechsten Etage eines Gebäudes ohne Fahrstuhl im Quartier Latin. Seit er sie kennt, hat er Gefallen daran gefunden, den Klauen der Kellner, die unermüdlich die Touristen abfischen, zu entkommen, in das zu dunkle Treppenhaus zu huschen, die schmalen Treppen immer vier Stufen auf einmal nehmend zu erklimmen, sich in das auf dem schiefen Parkett austarierte Sofa fallen zu lassen. Er fühlt sich jung, er fühlt sich frei, er kommt sich vor wie eine Romanfigur. Um das Bett herum, in dem sie sich am Nachmittag lieben, stehen am Boden Bücherstapel wie die Wehrtürme einer Burg. Aber wenn er sich vorstellt, wie seine eigene Bibliothek sich in Manons Papierlego einfügen soll, wie sein Krempel ihr hübsches Nest unter dem Dach verstopfen würde, da fragt Rémi sich, ob er noch im Stande wäre das Erfrischende von Manons Refugium wertzuschätzen. Er ist nicht sicher, aus Liebe zu ihr auf allen Komfort verzichten zu können.

Außerdem fragt sich Rémi beschämt, ob Manon auch glücklich wäre, ihn zu sehen, wenn er nicht mehr in der Lage wäre, sie mit einem Blumenstrauß zu überraschen, so groß, dass er nicht durch die Tür passte, wenn er sie nicht mehr zum Träumen bringen könnte, indem er ihr von den Städten erzählte, die er besucht und in die er sie mitzunehmen versprochen hatte. Étienne zog ihn häufig auf, indem er ihn fragte, was eine Frau wie Manon eigentlich an ihm fand. Er selbst war fest überzeugt gewesen, ihre Beziehung ruhe auf den soliden Fundamenten geteilter Leidenschaften und Träume. Heute Abend ist er nicht sicher, die Richtigkeit seiner Annahme auf den Prüfstand stellen zu wollen.

20

Johar steht auf und macht Anstalten, einen leeren Teller in die Küche tragen zu wollen, aber dann zieht es sie doch auf den Balkon, über die träge gewordene Stadt.

»Ich gehe rauchen«, sagt sie.

»Ich komme mit«, erwidert sogleich Étienne.

Johar unterdrückt ein Seufzen.

Sobald sie über die Schwelle der Balkontür getreten ist, wird Johar von der sanften Abendluft empfangen. Die Bruthitze der letzten Augusttage hat endlich ihre Attacken eingestellt. Johar stützt sich auf das Geländer, lässt den Kopf nach vorne sinken. Ihre Haare bleiben stehen wie eine bauschige Wolke und weigern sich, die Bewegung ihres Kopfes mitzumachen. Sie fährt sich mit einer Hand durch den Haaransatz, um ihrem feuchten Nacken Luft zu verschaffen. Ihr Blick gleitet durch die schwarze Masse der großen Platanen, deren Blätter im Rhythmus der Luft hin und her wirbeln. Sie stellt sich vor, ihr Kopf würde sie mit nach vorne reißen, sie sieht sich ins Leere fallen, im Sturzflug, bis sie die Schwingen ausbreitet und sich von der aufsteigenden Luft tragen lässt.

»Ich habe darauf gewartet, einen Moment mit dir alleine zu sein«, sagt Étienne in einem feierlichen Ton und spricht jede Silbe überdeutlich aus. Johars Träumerei zerschellt am Boden. Sie schaut auf zu ihrem Gastgeber.

»Mir ist eine für dich sehr wichtige Information zugespielt worden. Es geht um Carl und die Fusion. Ich glaube, er hat dir nicht alles gesagt.«

Er legt eine theatralische Pause ein.

»Ich gehe ein Risiko ein, dir das zu sagen, aber ich tue es für dich. Und ich weiß, dass du dich im rechten Moment daran erinnern wirst.«

Johar hört, wie Étienne ihr enthüllt, sie selbst sei die Bedingung *sine qua non* der Fusion von Oryx und Neria, von der Carl träumt. Er erklärt ihr mit vor Aufregung fiebrigem Blick, dass sie einen Trumpf in Händen hält, eine Karte, die nur danach verlangt, in Gold verwandelt zu werden.

»Ich weiß nicht, was du Carl gesagt hast, ich will mich nicht in deine Gehaltsverhandlung mischen, aber du solltest ihn ein bisschen zappeln lassen. Ihn glauben lassen, dass du zögerst, damit er alles drauflegt, was er hat. Ich weiß, das ist nicht deine Art, du bist gerade heraus und loyal, aber es gibt gewisse Gelegenheiten im Leben, die kommen nie wieder.«

Dann legt er seine Hand auf Johars, die sich immer noch am schmiedeeisernen, von der Sonne aufgewärmten Geländer abstützt.

»Und du nimmst ja niemandem etwas weg, wenn du das tust. Man sagt, dass es Frauen schwerfällt, den Wert ihrer Arbeitsleistung zu ermessen. Du hättest es verdient, wirklich. Du solltest dich nicht mit weniger zufrieden geben als die Manager, von denen ich dir eben erzählt habe. Du bist dir nicht im Klaren. Du erfüllst alle Kriterien.«

Johar schließt die Augen, als könnte sie damit Étienne zum Schweigen bringen. Natürlich, so sieht er sie: Sie erfüllt alle Kriterien. Weiblich. Jung. Aus einer sichtbaren Minderheit – vor allem wenn ihr Styling sie, wie heute Abend, im Stich lässt. Ingenieurin. Eine, die sich hochgearbeitet hat. Étienne spricht nicht von ihrem Talent, ihrem Kampfgeist, ihrer Vision für die Zukunft. Es beruhigt ihn, in ihrem Erfolg nur das zu sehen, was sie von ihm trennt.

Sie öffnet die Augen wieder, schüttelt Étiennes Hand ab, wedelt die vorgeblich vor ihr surrenden Mücken weg. Étienne hat seinen Monolog beendet. Er lässt sie nicht aus den Augen, gespannt auf ihre Reaktion. Jetzt hat er mich, denkt Johar, und er will, dass ich mich dankbar erweise. Also hat der Beirat sie bereits ausgewählt. Andere haben für sie entschieden, ohne dass sie es wusste. Sie gehört sich nicht mehr. Sie ist eine Marionette, und Männer in dunklen Anzügen halten die Fäden in der Hand. Sie denkt an Carl, an sein bemerkenswertes schauspielerisches Talent, an seine Fähigkeit, Entspanntheit zu suggerieren, wo er doch innerlich vor Ungeduld mit den Hufen gescharrt haben musste während ihres Essens. Sie sieht ihn vor sich, jetzt gerade, vor Wut schäumend über dem leuchtenden Display seines Telefons. Sie muss ihn wirklich anrufen, sofort.

Sie wundert sich über den fieberhaften Étienne, darüber, wie schnell ihn seine hübsche Nonchalance im Stich gelassen und einer von Panik getriebenen Eile Platz gemacht hat. Beinahe empfindet sie Mitleid. Étienne wirkt auf sie wie Orte aus der Kindheit, die man als Erwachsener wieder besucht: Er ist kleiner geworden. Mal sehen, mit welchem Angebot sie ihn später abspeisen kann.

Alles, was sie jetzt will, ist, in Ruhe zu rauchen. Sogar zum Tode Verurteilte haben ein Anrecht auf eine letzte Zigarette.

»Gut, Étienne. Danke für die Info, sie ist sehr wertvoll. Ich brauche eine Minute für mich, um über alles nachzudenken – du bist mir hoffentlich nicht böse?«

21

Claudia sieht sich einen Moment ihr Spiegelbild im Edelstahldeckel an, bevor sie entschlossen das Pedal betätigt. Als der Mülleimer sein Maul aufreißt, steigt aus seinen Plastiktiefen ein süßlicher Geruch. Zwischen feuchtem Papier und Gemüseschalen erspäht sie die lila Innereien des Huhns. Ich hätte vor dem Essen den Müll raustragen sollen, denkt sie und schluckt ihre Übelkeit hinunter. Mit einem Löffel kratzt sie sorgfältig die Teller sauber, sieht, wie die kleinen, von Sauce durchtränkten Reisberge mit einem dumpfen Geräusch auf die Müllschicht rutschen. Sie öffnet die Spülmaschine, schließt sie sogleich wieder, würgend von einem klebrigen Geruch. Rémi ist ihr gefolgt, den Arm voller Teller. In der weiß-grünen Schale ist die Currysauce, jetzt von einem dunklen Orange, zu einem gelatineartigen See zusammengeflossen, in dem Reststückchen von Fleisch und Gemüse schwimmen.

»Stell alles auf den Tisch, Rémi. Ich räume später auf.«

»Soll ich nicht wenigstens die Reste in den Kühlschrank stellen? Das gibt noch ein schönes romantisches Abendessen morgen.«

»Danke. Das ist lieb. Ich kümmere mich gleich.«

Rémi scheint nicht gehen zu wollen. Sie versucht, gegen die Hitzewelle anzukommen, die schon wieder ihr Dekolleté zu überschwemmen droht, und den Schmerz zu vergessen, der ihrem Bauch zusetzt.

»Das war ein toller Abend«, beginnt Rémi sachte. »Mal ganz abgesehen davon, dass deine Kochkünste unschlagbar sind.«

Er macht eine Pause.

»Und unabhängig von der frohen Botschaft.«

Claudia fährt bei diesen Worten zusammen, bevor sie versteht, dass Rémi damit auf Johars Beförderung anspielt. Sie wundert sich über Rémis seltsame Wortwahl, darüber, dass er den Ablauf von Johars Karriere mit Ausdrücken beschreibt, die man für gewöhnlich für die großen Etappen des Lebens nutzt.

»Freut mich, dass ihr einen schönen Abend habt«, antwortet Claudia einfallslos. Aber Rémi lässt sich nicht abwimmeln, er sucht weiter nach einem Haken, an den er sich klammern kann.

»Ihr wirkt immer noch so leidenschaftlich, Étienne und du.«

Claudias Mund zittert leicht, sie fragt sich, ob Rémi es wirklich wagt, sich so offensichtlich über sie lustig zu machen?

»Ihr wisst noch nichts von den Kompromissen, die man schließen muss, um als Paar gegen die Zeit zu bestehen. Ihr seid noch nicht wie Artisten auf dem Seil eurer Liebesgeschichte, immer Gefahr laufend, in die Freundschaft, die Gleichgültigkeit oder den Hass abzurutschen. Das war heute Abend genau der richtige kleine Impuls von euch, um uns aufzubauen.«

Als Rémi in Claudias Blick einen Anflug von Sympathie aufflackern sieht, murmelt er noch: »Das ist sehr kostbar.«

Es reicht, sie hat verstanden. Rémi muss nichts befürchten. Sie wird nichts von Manons Nachricht erzählen, weder Johar, noch Étienne noch sonst jemandem. Aber jetzt soll er sie in Ruhe lassen, sie verschnaufen lassen, bevor sie das letzte Hindernis nimmt, den Nachtisch.

Claudia nickt, zum Zeichen, dass Rémi beruhigt in den Salon zurückgehen kann. Dann versteinert sie. Etwas schiebt sich hinterlistig in ihr Blickfeld. Langsam schaut Claudia nach unten. Auf der schwarzen Fliese, auf der sie steht, erhascht sie einen feuchten Glanz. Sie starrt jetzt den Boden an. Zwischen ihren Füßen hat sich eine kleine

Lache gebildet. Claudia krampft sich an der Tischkante fest. Ihr Herz klopft wild in ihrer Brust. Sie bemerkt jetzt ein nasses Gefühl zwischen ihren Beinen, erst im Schritt, dann entlang der Unterschenkel. Ihr stockt der Atem. Sie versucht zu lächeln, Rémi soll die Angst nicht sehen, die sie gerade überrollt, er soll nicht ihrem Blick folgen, der zwanghaft am Boden bleibt. Unerträglich langsam wird die Lache größer. Claudia ist gefesselt von dem gemächlichen Lauf der Flüssigkeit aus ihrem Körper. Sie sieht sie auf die Grenze der schwarzen Fliese zufließen, dann die Zementfuge überschreiten, bis sie sich endlich auf dem makellosen Weiß der Nachbarfliese als unzweifelhaft blutrot zu erkennen gibt.

22

Rémi serviert gerade appetitliche, auf tropisch-blumig dekorierten Tellern angerichtete Mousse au Chocolat. Johar nimmt ihr Telefon vom Tisch.

»Die Hausherrin hat mich gebeten zu servieren«, erklärt Rémi angesichts von Johars Schweigen, das er als ein Zeichen des Erstaunens interpretiert.

»Sehr gut. Ein Mann bei der Arbeit, was für ein erfreulicher Anblick.« Dann, nach kurzem Zögern: »Ich bin in fünf Minuten zurück.«

»Du fliehst wohl vor der Versuchung«, sagt Rémi lächelnd.

»Ja, das muss es sein. Fangt schon ohne mich an. Ist Claudia nicht da?«, wundert sich Johar mit Blick auf die Küche.

»Sie kommt gleich«, antwortet Rémi.

Johar geht Richtung Eingang und dann in den Flur, von dem die Zimmer abgehen. Sie meint sich daran zu erinnern, dass Étienne aus einem der Räume ein Arbeitszimmer gemacht hat. Dort wird sie in Ruhe mit Carl telefonieren können.

Vor der geschlossenen Tür bleibt sie stehen. Prüfend blickt sie um sich, um sicherzugehen, dass Claudia nicht in der Nähe ist, dann schnüffelt sie an ihren Achseln. Bei dem säuerlichen Geruch zieht sie eine Grimasse. Sie geht ein paar Schritte weiter und schiebt sich durch die halb geöffnete Tür ins Badezimmer. Boden und Wände sind von Terrazzofliesen bedeckt. Johar muss darüber lächeln, in dieser großbürgerlichen Wohnung auf den gleichen, mit bunten Steinchen durchsetzten Belag zu stoßen, mit dem auch die bescheidene Eingangshalle des Hauses ausgekleidet war, in dem ihre Tante in Tunis wohnte. Vor ihr balancieren, so wirkt es jedenfalls, zwei runde Waschbecken auf einer Platte aus unbearbeitetem Holz. Johar fragt sich, ob Étienne das Bad kürzlich neu gemacht hat oder ob er schon früher, als er noch alleine lebte, zwei Waschbecken hatte, um sich mal über dem einen, mal über dem andern je nach Laune die Zähne zu putzen. Sie tritt an eines der Becken heran und dreht das Wasser auf, schiebt ihre Hände unter dem eiskalten Strahl zu einer kleinen Schale zusammen, in die sie ihr Gesicht taucht. Mehrere Sekunden hält sie ihre Wangen in das wohltuende Prickeln des kalten Wassers. Sie verkneift es sich, mit ihren nassen Händen durch die Haare zu fahren, aus Angst, ihre Locken noch zu verstärken.

Neben ihr auf der Holzplatte liegt ein sorgfältig platzierter Stapel beigefarbener Gästehandtücher. Johar nimmt eines, rubbelt sich Stirn und Wangen trocken. Aus dem Spiegel schaut ihr ein müde dreinblickendes Gesicht entgegen. Ihre früher so stolzen und hohen Wangenknochen sind zusammengefallen. Die Bögen, die Nasenflügel und Mund verbinden, ziehen jetzt in Richtung Kinn. Johar zwingt sich ein Lächeln ab, um den altvertrauten Anblick ihrer Lücke zwischen den Vorderzähnen wiederzufinden. Sie lässt es schnell wieder bleiben, denn die kleinen Fältchen, die sich sogleich um ihre Augen herum bilden, will sie nicht sehen. »Du wirst alt, meine Gute«, sagt sie sich. Sie knöpft ihre Bluse weiter auf. Sie seift ihre Hände ein, wischt damit unter den Achseln durch und tupft sie mit dem Handtuch trocken. So, gleich bin ich bereit für das Gespräch mit Carl, redet sie sich zu, wissend, dass sie nur Zeit schindet.

Gerade als sie den Wasserhahn zudreht, hört Johar einen tiefen, durchdringenden Laut, wie ein Stöhnen. Sie eilt aus dem Badezimmer. Der Laut kommt anscheinend aus der benachbarten Toilette. Sie versucht die Tür zu öffnen, aber es ist abgeschlossen. Das Geräusch ist verstummt. Johar wartet vor der Tür. Da setzt das Stöhnen wieder ein, rau und gedämpft, mit kurzen, höheren Seufzern durchsetzt. Claudia, denkt sie.

Sogleich ertappt Johar sich bei dem Gedanken: Ich habe jetzt keine Zeit für sie, ich kenne sie kaum, ich muss Carl anrufen. Sie geht zurück in Richtung Arbeitszimmer, bleibt stehen, eine Hand schon an der Klinke. Guck dich an, was bist du nur für eine Maschine geworden. Guck dir das gleichgültige Monster an, das sie aus dir gemacht haben.

Sie macht kehrt, klopft sachte an die Toilettentür: »Claudia? Claudia, was ist los?« Anstelle des Stöhnens jetzt Stille. Johar legt Brust und Wange an die Tür und muss über sich selbst staunen, als sie aus ihrem Mund jene Worte vernimmt, die sie ihre Mutter tausend Mal hat flüstern hören: »Ich bin da, wenn du mich brauchst.« Wieder ein Stöhnen, dann eine Stimme, die antwortet, zögerlich, dünn wie ein Faden, den Johar sich fest vornimmt, nicht loszulassen.

»Johar?«

»Ja, ich bin es. Sag mir, was ich tun kann.«

»Darf ich dich bitten … Kannst du in mein Zimmer gehen – weißt du, in welches? Kannst du mir aus dem Schrank eine Unterhose und ein Kleid bringen, egal was.«

Die Stimme versiegt, wie verschluckt von Schmerz. Johar meint, erneut ein Stöhnen zu hören, nur diesmal schwächer. Nach einigen Sekunden der Stille spricht Claudia weiter: »Und bitte mein Telefon. Es liegt auf der Kommode.«

»Natürlich.«

»Vielen Dank.«

Johar zögert, dann fragt sie ganz leise: »Möchtest du, dass ich Étienne hole?«

Wieder Stille.

»Nein. Sag ihm nichts. Bitte.«

23

Claudia ist nun still. Sie legt eine Hand auf ihren Bauch. Die Krämpfe, die sie noch vor wenigen Minuten quälten, haben ebenso unvermittelt nachgelassen, wie sie begonnen haben. Es blutet nicht mehr. Sie lässt ihre mit schwarzer Flüssigkeit getränkte Unterhose an den Beinen hinabgleiten und wirft sie in den Mülleimer, wo sie auf den Papiertüchern landet, mit denen sie den Küchenfußboden aufgewischt hat. Sie stützt sich an dem kleinen Waschbecken ab, um sich aufzurichten. Sie feuchtet einige Blatt Toilettenpapier an und reibt sich damit das bereits trocknende Blut von den Oberschenkeln und entlang der Waden ab.

Sie schließt die Augen. Sie möchte es nicht wissen, und doch muss sie. Langsam dreht sie sich um. In der weiß emaillierten Toilettenschüssel sieht sie, inmitten einer roten Lache, Gewebeklumpen liegen, Lebensfetzen. Zwar kann sie sich kaum auf den Beinen halten, verbietet sich aber, sich wieder über dieses frischrote Unglück zu setzen. Sie lehnt sich an die Wand. Lauscht auf Johars Schritte im

Flur. Sie wünscht sich, dass Johar schnell wieder bei ihr sein möge, und fürchtet sich zugleich vor der Einsamkeit danach. Sie fühlt sich wie ein Kind, das zwischen Freude und Angst hin und her gerissen auf den Kuss der Mutter wartet, im Wissen, dass er der letzte für diesen Tag sein würde.

Der Anblick des Blutes überall überwältigt sie. Sie kann sich nicht dazu durchringen, die Spülung zu tätigen. Sie klappt den Deckel zu und schließt den Mülleimer. Stille kriecht im Raum hoch, umfasst kalt ihre Knöchel, Knie, Hüften. Aber dann ist Johar wieder da, ihre Stimme warm und sanft, unerwartet tröstlich: »Claudia, ich habe alles gefunden. Machst du mir auf oder soll ich die Sachen vor die Tür legen?«

»Du kannst sie mir hinlegen, danke.« Dann plötzlich fürchtet sie, ihre knappe Antwort könnte diejenige brüskieren, die ihr zu Hilfe geeilt war: »Johar, könntest du in zehn Minuten noch einmal kommen, bitte?«

»Natürlich.«

Die Schritte entfernen sich. Claudia öffnet langsam die Tür, hebt den kleinen Stapel vom Boden auf, schließt sich wieder ein. Sie zieht sich aus. Im Spiegel wirkt ihr Körper gesund und frisch, seine Wunden sind ihm nicht anzusehen. Sie betrachtet ihren noch immer dezent gewölbten Bauch. Sie ist unschlüssig, was sie mit dem fleckigen Kleid machen soll. Sie möchte es nicht im Waschbecken auswaschen, möchte nicht mitansehen, wie das Blut seine Oberfläche beschmutzt und dann in die Kanalisation hinabstrudelt. Sie rollt das Kleid zusammen und legt es in den Mülleimer. Sie steigt in den Slip und das marineblaue Kleid, das Johar für sie ausgesucht hat. Jetzt könnte sie den Raum verlassen, sich unauffällig in ihr Zimmer retten, ohne großes Risiko, entdeckt zu werden. Aber sie hat Angst, schreckliche Angst, Angst vor den Schatten, die auf dem langen Flur umhergeistern, Angst, dass ihr eigener Tod ihr hinter der Tür auflauert, Angst, die Reste ihres eigenen Fleischs und Bluts unter dem Deckel zurückzulassen.

Sie entsperrt ihr Telefon und scrollt durch ihre Kontaktliste. Ihre Mutter kann sie nicht anrufen. Vielleicht Paola, ihre ältere Schwester, die einzige der Geschwister, der sie sich wirklich nahe fühlt, nur hat Claudia ihr noch nicht einmal von der Schwangerschaft erzählt, sie befürchtet, Paola könnte ihr das übel nehmen und fühlt sich zu erschöpft, um jetzt die richtigen Worte für ihre Geheimnistuerei zu finden. Ähnlich geht es ihr mit den wenigen Freundinnen, die sie hätte anrufen können. Da taucht in der Liste ein Name auf, an den sie noch nicht gedacht hatte. Nach ihrem letzten Termin mit ihrer Gynäkologin hat sie die Nummer abgespeichert, die Audrey Edelman ihr auf einem Stückchen Papier mitgegeben hatte. Sie können mich anrufen, wenn Sie das einmal brauchen, hatte ihre Ärztin gesagt, in diesem ausgeglichenen Tonfall, der einen verleitete, alles zu glauben, was sie sagte. Heute Abend antwortet Claudia ihr innerlich, dass sie sie braucht, mehr denn je braucht, während sie sich gleichzeitig fragt, ob sie sich traut, an diesem schon sehr späten Augustabend eine Frau anzurufen, die ihr in Wirklichkeit fast fremd ist. Dann denkt sie an Johar, an die unerwartete Sanftmut, die sie ihr gegenüber bewiesen hat, und plötzlich möchte sie gerne an das mütterliche Wohlwollen aller Frauen glauben.

»Frau Dr. Edelman?«

Die Ärztin scheint weder überrascht noch genervt zu sein von ihrem Anruf. Claudia berichtet, die Ärztin fragt nach, mit einfachen Worten, durchsetzt auch von stillen Momenten, in denen nur das für sie so typische tiefe Summen zu hören ist.

»Sie müssen zu mir ins Krankenhaus kommen, damit ich Sie untersuchen kann, Claudia. Ich habe Dienst auf der Geburtshilfe von M. Sie wohnen nicht weit weg, oder? Ich kann keine Diagnose am Telefon stellen, ich muss mehr wissen.«

Claudia selbst weiß schon mehr. Aus den Erzählungen ihrer Mutter über das Glück und das Unglück ihrer Patientinnen weiß sie, worauf es in der Sache ankommt. Also beschreibt sie im Detail erst die heftigen Krämpfe, die sie überrollt haben, dann das Blut, den Blutschwall, und am Ende die festen Klumpen, die sich schmerzhaft aus ihrem Körper losgerissen haben. Damit bewegt sie ihre Ärztin schließlich doch dazu, mit großer Behutsamkeit auszusprechen, was sie sich selbst nicht zu sagen traute.

»Sie hatten aller Wahrscheinlichkeit nach eine Fehlgeburt, Claudia. Es tut mir leid.«

Bei diesen Worten überkommt Claudia dasselbe Gefühl von Entgeisterung wie damals als kleines Mädchen, als sie die Eltern so lange traktiert hatte, bis sie endlich zugaben, dass die Sagenfiguren ihrer Kindheit – der Weihnachtsmann, die Zahnfee, der Osterhase – nur den Köpfen der Erwachsenen entsprungen waren. Sie wusste, aber wollte nicht wissen. Hätten die Eltern sie doch noch ein wenig in ihrem Glauben belassen.

Die Gynäkologin fährt fort: »Sie müssen in jedem Fall noch heute Abend ins Krankenhaus kommen. Da die Blutung aufgehört hat, kommt es nicht auf die Minute an. Sie können sich erst etwas ausruhen und sich in Ruhe umziehen, aber Sie müssen kommen. Kann Ihr Mann Sie herfahren?«

Claudia schweigt. Als sie vorhin aus der Küche geflohen war, betend, dass niemand sie sieht, war ihr Blick auf Étiennes kantige Gestalt im Salon gefallen, und es schien ihr unmöglich, das intime Drama, das sich in ihr abspielte, mit dem so seltsamen Gebaren dieses Mannes zusammenzuführen. Als Audrey Edelman sie das jetzt fragt, scheint ihr diese Option noch viel absurder, als wenn die Ärztin ihr vorgeschlagen hätte, sich von Johar begleiten zu lassen.

»Nein, ich glaube nicht.«

»Ich verstehe. Können Sie ein Taxi nehmen?«

»Ja.«

»Gut. Ich werde die ganze Nacht hier sein. Sie müssen sich bei der Notaufnahme der Geburtsklinik melden.«

Claudia fühlt eine Welle der Verzweiflung in sich aufsteigen, eine schwarze, unbekannte Angst. Als würde Dr. Edelman das erraten, erklärt sie sehr behutsam: »Es ist normal, dass Sie jetzt traurig sind. Es sieht aus, als könnte ich mich leider nicht mehr um ihr Baby kümmern, Claudia, aber ich kann mich um Sie kümmern.«

24

Johar setzt sich auf den Stuhl vor Étiennes hellen Holzschreibtisch. Sie zieht an dem Messingkettchen der Lampe vor ihr. Durch den grünen Glasschirm fällt Licht auf den mit Aktenstapeln bedeckten Schreibtisch und auf Bücherregale bis unter die Decke. Johar trommelt mit den Fingerspitzen auf die Lederunterlage. Claudias Stöhnen geht ihr nicht aus dem Ohr.

Johar legt ihr Telefon auf dem Schreibtisch ab. Sie fühlt sich nicht in der Lage, Carl sofort anzurufen. Erst will sie ihre Mutter anrufen. Den ganzen Tag schon schiebt sie den Anruf vor sich her, drückt sich vor den ewig gleichen Vorwürfen – du kommst uns nicht oft genug besuchen, du schämst dich für uns, und natürlich, du hast uns keine Enkelkinder geschenkt.

»Johar?«

Der Aufschrei ihrer Mutter ist wie der einer Frau kurz vor dem Ertrinken. Sie hat den Namen ihrer Tochter gehaucht, als wäre es ihr letzter Atemzug. Augenblicklich erkennt Johar, ohne sie jemals zuvor gehört zu haben, die Stimme, die überall in der Welt schlechte Nachrichten überbringt.

»Johar! Papa ist tot«!

Sekundenlang, Johar kommt es wie eine Ewigkeit vor, hat sie nur eine einzige Frage im Kopf – und Angst vor der Antwort: Welcher Papa – deiner oder meiner? Aber sie schweigt, gefangen in der Unsicherheit des Moments.

Als würde die Ernsthaftigkeit dieser Nachricht Johars Mutter verpflichten, sie in allen Sprachen auszusprechen, wiederholt sie, jetzt auf Arabisch: »*Abi maat.*«

»*Abi*«, registriert Johar, sie hat gesagt *mein Vater.* Sie unterdrückt ein abscheuliches Lachen. Ihr Vater, Johars Vater, ist nicht tot, sie würde ihn wiedersehen, schon heute Abend, wenn sie Lust hätte. Sie könnte seine stoppeligen Wangen küssen und sachte das Mehl von seiner Schürze pusten, sie könnte ihm alles und nichts erzählen und ihn für die verlorene Zeit um Verzeihung bitten.

»Johar …«

Ihre Mutter spricht immer mit Kopfstimme, eine jugendliche Stimme, die im Kontrast steht zu ihren ergrauten Haaren. Aber heute Abend ist ihre Stimme nicht nur die einer jungen Frau, sondern die eines sehr kleinen Mädchens: »Ich dachte schon, ich erreiche dich nie. Ich dachte, du wirst mich nie zurückrufen.«

Ein schmerzhafter Kloß schnürt Johar die Kehle zu, ein großer Klops aus Tränen, auf dem sie mit den Fingerspitzen herumdrückt, damit er nicht zerplatzt. Sie wirft sich vor, noch zum Leid ihrer Mutter beigetragen zu haben, die ihr stets versprach, für sie da zu sein, falls es ihr einmal schlecht gehen sollte. Ihre Antwort formt sich langsam, sie hört ihre eigenen Worte, zugleich banal und mit dem aufrichtigen Wunsch, den Mutterschmerz zu lindern: »Es tut mir leid, Mama. Es tut mir leid für dich. Ich wünschte, du hättest bei ihm sein können. Ich hätte ihn auch gerne noch einmal gesehen.«

Johar rechnet nach, wie alt er geworden war. Ihr wird bewusst, dass sie ihn beinahe zwanzig Jahre nicht gesehen hat, weil sie weder Zeit noch Lust gehabt hatte. Ihr Bild von diesem gradlinigen, nüchternen Mann, dessen Sprache sie nicht beherrschte, deckt sich nicht mit dem des Greises, der er geworden sein muss. Von Zeit zu Zeit fragte sie bei ihrer Mutter nach ihm. Sie wusste, dass er Krebs hatte, von dem er langsam zerfressen wurde, aber die Distanz und die Jahre hatten die Existenz ihres Großvaters zu einer abstrakten Idee werden lassen. Seltsamerweise gibt ausgerechnet sein Tod ihm eine greifbare Gestalt zurück. Er erweckt bei

Johar Erinnerungen daran, wie seine Hand ihre Stirn streichelte, wenn sie bei den Erwachsenen einschlief, die sich abends in Tunis noch draußen unterhielten, eine Hand, so rau wie der Wollteppich, auf dem sie lag.

»Er wird übermorgen beigesetzt. Du weißt ja, wie schnell das bei uns geht. Bei der Hitze.« Sie murmelt noch hinterher: »Kannst du kommen?«

Johar entfernt sich kurz von dem Mädchen mit den grauen Haaren am anderen Ende der Leitung, sie entfernt sich von dem Greis in seinem immer gleichen weißen Sarouel, um zu Carl zurückzukehren. Vermutlich wartet Carl ebenso unruhig auf ihren Anruf wie noch vor wenigen Minuten ihre Mutter. Carl drängt es zu hören, dass seine Soldatin den Weg nehmen wird, den er ihr zugedacht hat, und ihm damit ermöglicht, das große Schachspiel weiterzuführen, dem er sein Leben gewidmet hat. Zwischen zwei Wutanfällen fragt er sich vermutlich, welche Extravaganz sie, die seit jeher davon träumte, daran hindert, sich auf sein Angebot zu stürzen. Gute Frage, denkt Johar, und zum ersten Mal liegt ihr die Antwort mit Schwindel erregender Klarheit auf der Zunge: weil ich keine Lust mehr habe.

Und plötzlich vernimmt Johar im Bitten ihrer Mutter eine bebende Verheißung. Diese Frage voller Mutterliebe gibt ihr, was sie ihr schon immer gab: absolutes Vertrauen in die, die sie ist.

»Natürlich fahre ich mit dir zur Beerdigung, Mama.«

Langsamer, im feierlichen Ton derjenigen, die weiß, dass ihre Worte die faszinierende Fähigkeit haben, die Wirklichkeit zu verändern, fügt sie hinzu: »Ich bleibe ein paar Wochen. Ich hatte sowieso gerade beschlossen, eine Pause von der Arbeit zu machen. Ich würde gern ein bisschen Zeit mit dir in Tunesien verbringen, wenn du magst.«

25

Claudia sieht im Spiegel des Toilettenraums die blasse junge Frau an und versichert ihr ruhig: »Es ist vorbei.« Ihr Gegenüber bleibt ungerührt, die Augen trocken. Die Worte hallen noch etwas nach, dann ersterben sie, bedeutungslos. »Es ist vorbei«, sagt Claudia wieder, sie denkt an die Hoffnung, dass ihre Schwangerschaft der Beziehung zu Étienne neues Leben einhauchen könnte, und wie sie von einem Neugeborenen geträumt hatte, das ihre vorschnell verwelkte Liebe in frischen Farben erblühen ließe. Étienne hätte sich bestimmt gefreut zu erfahren, dass Claudia schwanger war, sein Kinderwunsch wirkt auf sie aufrichtig. Vielleicht hätte er es sogar geschafft, mit anderem Blick auf die zukünftige Mutter in ihr zu schauen, sich für die Familie zu interessieren, die sie gerade im Begriff waren zu werden. Vielleicht. Ihr geht durch den Kopf, dass sie eine Chance verpasst hat, von Étienne wieder geliebt zu werden, überhaupt von Étienne geliebt zu werden, aber ihre Augen bleiben hartnäckig trocken.

»Es ist vorbei«, sagt Claudia wieder, und dieses Mal denkt sie daran, wie sie sich eingebildet hat, durch die Mutterschaft einen neuen Status zu erlangen, einen klar definierten Platz in dieser Welt. Heute ist sie nichts richtig. Sie ist eines von zu vielen Geschwistern, sie ist eine Physiotherapeutin, die nicht einmal versucht hat, Ärztin zu werden, sie ist die schweigsame Gefährtin, die Étienne auserwählt hat, um ihn zu umsorgen. Sie ist die, der man Fragen stellt, ohne wirklich ihre Antworten anzuhören, die, mit Rémi nur aus Höflichkeit oder Eigeninteresse spricht, die, die schon allein bei der Erwähnung der Verantwortung auf Johars Schultern in lähmende Angst versetzt wird. Morgen hätte sie Mutter sein können. Eine dieser Frauen, deren Rolle in der Welt nicht hinterfragt wird, sind sie doch da, um ihre Kinder zu beschützen und großzuziehen. Sie wird nicht, jetzt noch nicht, Teil dieser Kaste sein. Sie wird noch eine Zeit lang einfach sie selbst bleiben müssen, sich mit den misslichen Grenzen ihres Wesens zufriedengeben, sich der erschöpfenden Widersinnigkeit ihrer Existenz stellen müssen. Aber auch dieser Gedanke macht sie nicht wirklich traurig. Es ist, als hätte sie sich schon lange damit abgefunden.

Ihre Gedanken kreisen unablässig. Sie verabscheut sich für ihren unerträglichen Egozentrismus, sie möchte sich verletzen, sich wehtun, mehr und mehr, sie spuckt sich ins Gesicht: »Vielleicht wolltest du es in Wirklichkeit ja verlieren, dieses Baby.«

Dieses Baby. Das Wort hatte Dr. Edelman gebraucht. Ich kann mich leider nicht mehr um Ihr Baby kümmern, hatte sie gesagt, und Claudia wundert sich, das Wort nun selbst zu benutzen. Sie merkt, dass sie in den vergangenen Wochen viel an sich gedacht hat, aber nie wirklich an dieses andere Wesen, das sich in ihr zu entwickeln begann.

»Ihr Baby.« Seltsamerweise ersteht vor ihren Augen nicht das Bild eines Neugeborenen oder Säuglings, sondern das eines Kleinkinds, eines Mädchens von zwei oder vielleicht drei Jahren. Das Mädchen entspringt einer einige Jahre zurückliegenden Szene aus dem letzten gemeinsamen Sommer mit Paola. Damals hatten die beiden Schwestern diverse verschlafene Mittelmeerinseln bereist, auf Fähren und Mofas und auf dem Wind der Euphorie, der durch jenes Alter weht, in dem man keine Jugendliche mehr und noch keine Erwachsene ist. Das Ferienende nahte. Claudia lag lesend am Strand, es war die Zeit des Tages, wo aus dem Stechen der Sonne ein Streicheln wurde. Die Farben des Abends tauchten alles um sie in Poesie. Sie konnte sich nicht auf ihr Buch konzentrieren, dessen Titel im Übrigen die einzig fehlende Einzelheit dieses Bildes ist, das sich ihr so detailliert eingeprägt hatte. Sie erfreute sich am warm über ihre Zehen rieselnden Sand, beobachtete die schon ausgedünnten Touristengruppen am Strand, ließ sich vom Rauschen des Meeres davontragen. Neben ihr hockte ein braungebranntes Mädchen und spielte im Sand. Plötzlich, wie von heftiger Müdigkeit übermannt, war das Mädchen aufgestanden und hatte sich auf den Bauch seiner Mutter gelegt, die es von einem wenige Meter entfernten Liegestuhl aus im Blick behielt. Augenblicklich war die Kleine eingeschlafen, das Gesicht an die Brust der Mutter geschmiegt, versteckt unter einem Wust brauner Locken, Arme und Beine herabbaumelnd wie die Tentakel der Tintenfische, die von den Fischern in der Sonne getrocknet wurden. Sie schnaufte laut, schnarchte fast, und Claudia stellte sich vor, wie sich ihre Lippen gegen die Mutterbrust drückten, nur zum Atmen leicht geöffnet. Der Kontrast zwischen der Kraft des kleinen Körpers, der wenige Augenblicke zuvor noch in Bewegung gewesen war, und dem vollkommenen Loslassen des Mädchens, kaum dass es den Kontakt mit der Haut der Mutter spürte, berührte sie. Die stolze Haltung, die unerschütterliche Sturheit ihres aufgerichteten Oberkörpers – nichts anderes als eine stille Unabhängigkeitserklärung – waren einer Komposition sanfter Linien gewichen. Während die Mutter mechanisch den Rücken der Kleinen streichelte, flaumig wie der eines Kükens, während sie vorsichtig ihre Finger durch die von Salz und Schweiß verklebten Locken zog, hatte Claudia sich nicht sattsehen können an der Zartheit und dem blinden Vertrauen, die das Bild ausstrahlte.

Mein Baby, denkt Claudia, und fühlt sich, als hätte jemand ihr den weichen, an sie geschmiegten Körper entrissen, und nun klaffte eine leere Höhle in ihrem Bauch.

Mein Baby, denkt sie wieder, und jetzt bahnt sich ein jahrelang unterdrücktes Schluchzen den Weg durch ihre Kehle, und die Tränen sprudeln mit Gewalt heraus, sie beißt sich in die Hand, um ihr Brüllen zu ersticken. Natürlich wollte sie ihr Kind nicht verlieren, sie hatte ja schon einen Kokon aus Zärtlichkeit gewebt, in den sie es betten wollte, und die Leere, die es hinterlässt, füllt sich mit Kummer.

Dennoch fühlt sie, es steckt mehr als Trauer in ihren Tränen, da ist auch ein Sehnen, eine unbändige Sehnsucht. Claudia zittert vor Sehnsucht nach Liebe, sie möchte ihr Liebessehnen hinausschreien. Sie möchte lieben, als Mutter und als Frau. Sie möchte verzaubert sein wie Manon in Rémis Armen, sie möchte den salzigen, warmen Körper ihres Kindes an sich drücken wie die Frau am Strand.

26

»Unsere Frauen haben anscheinend die Flucht ergriffen«, murmelt Rémi.

»Stimmt. Ich weiß nicht, was sie machen. Fang schon an, wenn du willst. Claudias Nachtisch ist immer sehr gut.«

Rémi löffelt gierig los. Die Mousse ist weich und fluffig. Ein zufriedenes Lächeln zieht seine schokoladig braun gefärbten Lippen auseinander.

»Du machst es richtig, dir ein paar Reserven zuzulegen, die wirst du brauchen«, findet Étienne.

»Wie meinst du das?«

»Ich meine Johars neuen Posten. Das wird nicht einfach werden. Für sie nicht und für dich auch nicht.«

»Ich mache mir schon lange keine Gedanken mehr über Johars Job. Sie fühlt sich dort jetzt wie ein Fisch im Wasser. Sie kennt alle Themen und Leute von A bis Z. Mich wundert fast, dass sie es noch aufregend findet, da mitzumischen. Ich habe das Gefühl, sie spielt immer dasselbe Spiel.«

»Du scheinst nicht begriffen zu haben, dass du von der CEO eines börsennotierten Unternehmens sprichst.«

Rémi erwidert nichts, perplex von der Verachtung, die in der Stimme seines Freundes mitschwingt. Noch vor wenigen Minuten hatten sie die Abwesenheit der beiden Frauen dafür genutzt, in Erinnerungen an ihre Studentenjahre zu schwelgen. Aber plötzlich war der alte Weggefährte verschwunden, stattdessen sitzt vor ihm ein arroganter Jurist, der einen kleinen Lehrer belehrt.

»Doch, ich denke, ich verstehe das sehr gut«, sagt Rémi gedämpft. »Johar erzählt mir häufig, wie das so hinter den Kulissen abläuft. Du wärst enttäuscht. Es sind überall die gleichen kleinen Niederträchtigkeiten, sogenannte Strategien, nur dazu da, irgendjemandes Ego zu umschmeicheln. Johar beherrscht ihre Rolle in dieser Komödie perfekt, aber sie vergisst nie, dass alles bloß Theater ist.«

»Aber jetzt wird es um mehr als um die Maskerade hinter den Kulissen gehen. Sie wird in den Augen der Kunden die Hauptverantwortliche sein. In den Augen des Marktes vor allem.«

»Das ist sie gewohnt. Sie ist nicht erst seit gestern in einer Führungsposition. Und sie hat sehr wohl begriffen, dass niemand wirklich nach seinem Können beurteilt wird.«

»Die Nummer eins werden, ist etwas anderes. Sie wird Neider haben und Angriffen von allen Seiten ausgesetzt sein. Sie wird ununterbrochen im Namen des Unternehmens unterwegs sein. Ihr werdet euch nicht mehr sehen, Rémi, sie wird keine Zeit mehr für dich haben. Sie wird total auf sich gestellt sein, und du, du wirst nichts für sie tun können.«

Rémi fragt sich, worauf Étienne hinaus möchte. Er spürt, dass Argumente ihn jetzt nicht weiterbringen. Er würde lieber weiter von den alten Zeiten sprechen, von der aufgekratzten Stimmung in den Bars der Rue de la Huchette, wo sich die beiden als examinierte Juristen ausgaben und vor den Frauen in Pose warfen. Er möchte die Lust auferstehen lassen, mit der sie den muskulösen Waden der Gymnasiastinnen nachsahen. Aber es ist zu spät.

Étienne hat seinen Nachtisch nicht angerührt. Er trommelt nervös mit dem Löffelstiel auf den Tisch. Rémi betrachtet den angespannten Kiefer seines Freundes, die harten Züge um dessen Mund. Offensichtlich musste Johar nicht einmal ihre offizielle Ernennung abwarten, um Unmut und Neid zu entfachen. Dennoch fragt sich Rémi, was Étienne heute Abend nur umtreibt. Johars Aufstieg sollte für ihn eine gute Nachricht sein, denn er dürfte den Einstieg in die offiziösen Verhandlungen, deretwegen er dieses Abendessen organisieren wollte, vereinfachen. Étienne hatte ihm von beruflichen Problemen erzählt, von steigendem Druck auf ihn seitens seiner Kanzleipartner, so als befürchtete er tatsächlich, dass die Dinge sich für ihn zum Schlechten wenden könnten. Rémi weiß, dass für Étienne absolut nichts auf dem Spiel steht. Er wandelt in den Fußstapfen eines Vaters, der in Paris mit allem per Du ist, was Rang und Namen hat. Für den Fall, dass ein Taumeln ihn vom Königsweg in seiner derzeitigen Kanzlei abbrächte, fände er auf der Stelle einen neuen Job, seinem Nachnamen sei Dank. Étienne ist auch nicht in Geldnot, er könnte von den Mieteinkünften der Immobilien leben, die seine Eltern ihm überlassen haben. Dass er überall Schwierigkeiten sieht, muss wohl aus Langeweile sein, weil er aus der Eintönigkeit eines Lebens ausbrechen will, in dem alles vorgezeichnet ist. Rémi wäre neugierig zu hören, warum er den einzigen selbst gesetzten Farbklecks, den er sich früher in diesem Meer der Konformität gestattete, getilgt hatte, warum er auf sein Leben als Frauenheld verzichtet hatte, um mit einer Frau zusammenzuleben, die ihn augenscheinlich zu Tode langweilte. Allerdings zöge diese neugierige Frage auch den für Rémi schmerzlichen

Gedanken an Étiennes Kinderwunsch nach sich, und so schweigt Rémi.

Étiennes feindselige Stimmung färbt auf ihn ab. Er empfindet ein boshaftes Vergnügen dabei, sich seinen Freund alternd vorzustellen. Er malt sich aus, wie seine kantigen Gesichtszüge sich mit den Jahren verhärten, wie seine Wangen einfallen, seine kleinen trockenen Augen sich in hervorstehenden Höhlen verlieren. Er erinnert sich an den jungen, charmanten und sprühenden Intellektuellen, der ihn zwanzig Jahre zuvor mit dem ersten Lächeln für sich eingenommen hatte, und er denkt, dass Étienne traurig und frustriert enden wird, weil er sich in eine Form pressen wollte, die für ihn zu eng war.

Rémi nimmt noch einen Löffel von der Mousse au Chocolat. Der Zucker legt sich süß auf seine Stimmung. Er nimmt jetzt alles mit mehr Mitgefühl und weniger Wut wahr. Wäre Étienne mit seiner Arroganz nicht so taub für die Meinung anderer, würde Rémi ihm raten, mal einen Augenblick seine Geltungssucht zu vergessen, sich keinen Kopf zu machen wegen Karriererückschlägen, die er schnell wieder vergessen würde, und aus dem Gefängnis, das er sich wer weiß wozu mit Claudia gebaut hatte, auszubrechen. Vorhin dachte er noch, dass Étienne Claudia in einen Käfig gesperrt hatte, aber das stimmte nicht. Die beiden sitzen hinter denselben Gittern. Was für ein Glück, dass er Manon getroffen hatte. Mit ihr fühlt er sich wieder ganz und gar einem anderen Menschen zugehörig, erfüllt von dem Verlangen, jeden noch so verborgenen Winkel ihres Körpers und Geistes zu erforschen. Genau jetzt würde er sich am liebsten in die Wärme ihrer Arme flüchten und von der Musik ihrer Worte wiegen lassen.

»Ich gehe mal telefonieren«, sagt er zu Étienne. »Hier herrscht ja wohl gerade Waffenruhe.«

»Mit wem denn?«

Rémi wirft einen Blick in den Salon.

»Mit Manon.«

»Deine kleine Lehrerin? Jetzt? Dann ist es wohl ernst.«

Rémi ist unsicher, ob in den Worten seines Freundes unterschwellig Sarkasmus mitklingt oder ein Hauch von Neid.

»Scheint so. Immer mehr.«

»Jetzt, wo ich damit aufhöre, findest du Geschmack an dem jungen Gemüse.«

Rémi möchte entgegnen, dass Manon kaum jünger ist als Claudia, aber Étienne spricht schon weiter: »Es ist zu gefährlich. Du hast das Gefühl, dich an ihrer Seite zu verjüngen, bis zu dem Tag, wo dir klar wird, dass sie aus dir einen alten Esel machen.«

»Macht nicht eher dein plötzliches Bedürfnis nach einem geordneten Leben aus dir einen alten Esel?«

»Ach komm. Jetzt willst du plötzlich, dass ich mich wieder mit Zwanzigjährigen treffe. Das versteh einer.«

»Ich meine ja nicht nur die Zwanzigjährigen«, wendet Rémi ein, aber Étienne hört ihn nicht.

»Ich gebe zu, die Versuchung ist groß. Wir haben eine neue Praktikantin in der Kanzlei, die müsstest du mal sehen. Sie versucht sich wie eine Erwachsene anzuziehen, aber die Jugend strömt ihr aus allen Poren. Sie trägt ausschließlich Grau, aber wenn du sie von Nahem siehst, hast du das Gefühl, in Zuckerwatte zu baden, überall rosa Haut. Ich glaube, sie heißt Léa …«

Rémi steht auf und entfernt sich rückwärts, Étienne sich selbst und seinen wattebauschigen Träumereien über Léa überlassend.

27

Johar schließt leise die Tür zum Arbeitszimmer hinter sich. Sie geht zur Toilette, hört aber nichts. Sie klopft drei Mal leise. Keine Antwort.

»Claudia?«, flüstert Johar.

Sie drückt langsam die Klinke. Kein Licht brennt, niemand ist im Raum. Sie meint ein Geräusch aus dem Schlafzimmer zu vernehmen und geht über den Flur. Das Parkett knarzt unter ihren Füßen. Ohne nachzudenken zieht sie ihre Schuhe aus und geht barfuß weiter. Ihr Blick bleibt an einer großen Fotografie hängen, die ihr vorhin gar nicht aufgefallen war. Sie zeigt die Sicht aus einem Fenster, dessen Rahmen mit im Bild ist. Ganz kurz hatte sie sich vom Halbdunkel im Flur täuschen lassen und geglaubt, das wäre wirklich ein Fenster zur Straße. Sie bleibt stehen. Das Fenster geht auf etwas wie einen verlassenen Garten. Johar muss daran denken, wie sie vorhin Lust gehabt hatte, von Étiennes Balkon davonzufliegen. Dann geht ihr das Gespräch mit ihrer Mutter durch den Kopf und die noch ganz unwirkliche Entscheidung, die sie eben gefällt hat.

Durch den Türspalt sieht Johar, wie Claudia Sachen in ihre Handtasche packt. Sie klopft noch einmal, um auf sich aufmerksam zu machen. Durch Claudias Augen flackert ein kurzer Angstmoment, erlischt dann aber, sobald ihr Blick Johars trifft. Johar tritt ein, setzt sich aufs Bett. Ihre nackten Füße ruhen weich auf einem Wollteppich.

»Danke, dass du noch mal kommst, Johar.«

»Ist doch selbstverständlich. Was machst du?«

Johar muss nicht aussprechen, was Claudia passiert ist. Das Geheimnis, das die beiden fortan miteinander verbindet, kommt ohne Worte aus, es ist Teil der neuen Vertrautheit, in der sich die beiden Frauen jetzt unterhalten.

»Ich muss ins Krankenhaus.«

Johar entnimmt Claudias Stimme eine Note von Trauer, aber auch einen neuen Klang, eine Stärke, die sie vorher nicht bemerkt hatte.

»Wird Étienne dich begleiten?«, fragt Johar, obwohl sie die Antwort kennt.

»Nein.«

»Dann bringe ich dich.«

»Nein, das ist nicht nötig, ich nehme ein Taxi.«

»Es ist besser, ich begleite dich, Claudia.«

»Nein, wirklich, ganz sicher nicht, bestimmt. Es geht schon besser. Das ist es nicht.«

»Das ist was nicht? Bitte sag mir, wie ich dir helfen kann.« Johar lächelt Claudia sanftmütig an. »Ich weiß nicht, was du vorhast, Claudia, aber du wirst es schaffen. Sag mir einfach, wie ich dir helfen kann.«

»Könntest du die anderen bitte ablenken? Damit ich gehen kann, ohne Aufmerksamkeit zu erregen. Ohne dass sie mich sehen.«

»Gut.«

Johar steht auf. »Gibst du mir fünf Minuten? Ich muss noch ein kurzes Telefonat führen, dann helfe ich dir zu verschwinden.«

»Ja, mach das. Ich muss sowieso noch meine Sachen packen.«

»Ich komme dich gleich holen.«

Nur ein paar Schritte, und Johar ist wieder in Étiennes Arbeitszimmer. Sie fragt sich, ob Claudia, in der sie eine neue Stärke gespürt hat, auch die neue Energie bemerkt hat, die Johar jetzt durchströmt. Die Füße fest am Boden lehnt sie sich entschlossen in den Ledersessel und greift nach ihrem Telefon.

28

Rémi streift seine Jacke von der Stuhllehne im Salon. Er schlüpft hinein und spürt sogleich das beruhigende Gewicht des Telefons in seiner Tasche.

Er tritt über die Schwelle auf den Balkon. Der Blick auf die fünfzehn Meter zwischen dem Boden und ihm schnürt ihm die Brust ein. Ohne Étienne neben sich ist das Schwindelgefühl noch aufdringlicher. Es kommt ihm vor, als würde er aus dem Fenster gegenüber sich selbst beobachten, einen Mann, der dumm auf einem schmalen Steinvorsprung über dem Abgrund herumsteht. Die schmiedeeisernen Ornamente des Geländers rufen ihn zum Mittanzen, wollen ihn ins Nichts locken. Die Lavendeltöpfe zu seinen Füßen drohen, ihn aus dem Gleichgewicht zu bringen. Rémi lehnt sich mit der Schulter an den Sicherheit versprechenden Türrahmen, hält sich an einem zurückgefalteten Metallladen fest. Er blickt stur nach vorne.

Ihm bleibt nichts anderes übrig, als seine Höhenangst zu überwinden, von keinem anderen Platz aus kann er in Ruhe mit Manon telefonieren. Mein lieber Étienne, denkt sich Rémi, wo du bist, suchen deine Gäste das Weite. Heimtückisch schleicht sich in seinen Kopf der Gedanke an Johar und Claudia, die irgendwo in den Tiefen der Wohnung verschwunden sind. Bestimmt reden sie, und worüber sollten sie reden, wenn nicht über Manon und ihn? Er schüttelt den Gedanken schnell ab, dafür kommt ihm Étiennes Spruch über das »junge Gemüse« wieder in den Sinn. So sieht er also die Sache mit Manon. Und vielleicht muss sie am Ende gar so gesehen werden, als die banale Geschichte eines Mittvierzigers, den seine Angst vor dem Altern in die Arme einer jungen Frau getrieben hat.

Natürlich gibt es in Manons Jugendlichkeit etwas, das ihn berührt, ihre rosigen Wangen, die Unschuld, mit der sie die Welt betrachtet. Er erinnert sich an einen Spaziergang am Ufer der Seine Anfang des Sommers. Dicht an dicht und hungrig nach den ersten Sonnenstrahlen tummelten sich damals die jungen Leute am Ufer. Manon hob sich von der Menge der immer sorgfältig zurechtgemachten Pariser ab, mit ihrer abgetragenen Lederhandtasche und ihrer ausgewaschenen, zu schlichten Jeans. Durch ihren begeisterten Blick hatte Rémi die Schönheit der Stadt wiederentdeckt.

»Ich liebe die Pariser Art zu denken, dass diese Stadt nur ihnen gehört«, hatte Manon gesagt. »Ich meine, diese Art, wie *jeder* Pariser denkt, dass die Stadt *nur ihm* gehört. Sie prahlen mit dem kosmopolitischen Charakter von Paris, aber noch der einfachste Kellner, wenn er draußen vor seinem Café seine Zigarette raucht, scheint dir das Gefühl geben zu wollen, dass du in sein Territorium eindringst.« Dann stolperte sie über einen Pflasterstein und fiel laut lachend in seine Arme. Er hatte diesen Augenblick in die Länge gezogen, ihre sanft um ihn geschlungenen Arme genossen, und die Wärme ihres Körpers mit den ein wenig zu ausgeprägten Rundungen, mit denen sie sich übrigens, anders als er mit seinen, sehr wohl zu fühlen schien.

Manon mag, wer sie ist. Sie fühlt sich fremd, aber sie muss sich nicht anpassen. Sie weiß, dass sie nicht perfekt ist, aber sie steht mit jedem Quadratzentimeter ihres Körpers dazu. Er denkt daran zurück, wie er selbst aus der Provinz hier gelandet war und sich beeilt hatte, sich so schnell wie möglich die Codes der Pariser Bourgeoisie anzutrainieren, sorgfältig darauf bedacht, jede kleine Besonderheit seines Benehmens auszubügeln, die seine neuen Freunde sonst belächelt hätten.

Das schrille Kläffen eines Hundes lenkt seinen Blick auf die Straße. Die Fahrbahn fliegt ihm entgegen, wirbelt um sein Gesicht herum. Er hält sich am Telefon in seiner Jackentasche fest. In dieser Tasche ist eine Nachricht von Manon. In dieser Tasche eilt Manon ihm zu Hilfe. Selbstverständlich kann er Claudia nicht den Ausgang der Geschichte überlassen. Übrigens auch nicht Johar. Rémi empfindet noch immer Wärme und Zuneigung für sie, er fürchtet, dass sein Betrug sie verletzen wird, weiß aber auch, dass das trostlose Zusammenleben, das ihre Beziehung seit Monaten, sogar seit Jahren prägt, für sie genauso traurig ist wie für ihn.

Als Rémi sein Telefon aus der Tasche holt, schlägt das Herz ihm bis zum Hals. Langsam lässt er seinen Blick von der Laubkrone der Platane zum erleuchteten Bildschirm hinabgleiten.

Du hast mich verzaubert, schreibt Manon.

Gut, denkt Rémi, dann lass uns zusammen verzaubert sein.

Ein Freizeichen, dann gleich Manons Stimme: »Du hast mir gar nicht geantwortet. Bist du sauer? Entschuldige, ich weiß nicht, was mich geritten hat, du hast mich ja gebeten, dir keine Nachrichten mehr aufs Handy zu schicken, vor allem nicht, wenn du mit deiner Frau zusammen bist, aber manchmal, verstehst du, da kann ich nicht

anders, ich verstehe nicht, warum du nicht …
wir könnten …«

»Warte, Manon, langsam.«

»Du sagst mir, ich soll warten, aber ich verstehe nicht, worauf wir warten?«

»Ich möchte auch mit dir zusammen sein. Richtig zusammen sein. Ich werde mit Johar sprechen, noch heute Abend.«

29

»Guten Abend, Johar.«

Carls Stimme, einnehmend und autoritär.

»Carl«, beginnt Johar langsam, »ich rufe ein wenig spät an, entschuldige.«

»Kein Problem. Du kannst dir denken, dass ich dieser Tage in Gedanken nie weit weg bin von allem, was mit Oryx zu tun hat, egal um welche Uhrzeit. Verrate mir lieber, ob du Zeit gefunden hast nachzudenken?«

»Ja.«

»Und mit deinem Mann zu sprechen?«

»Ja«, antwortet Johar.

Dann, nach einer kurzen Pause: »Carl, meine Antwort wird dir nicht gefallen, aber sie ist gründlich durchdacht. Und endgültig.«

Das Schweigen am anderen Ende fühlt sich jetzt metallisch und kalt an.

»Ich stehe nicht zur Verfügung, Carl. Ich habe keine Lust auf den Job. Ich brenne nicht mehr dafür. Es wäre eine schlechte Idee, für das Unternehmen wie für mich.«

»Du brennst nicht mehr dafür?«

Die eisige Stimme kriecht hinter Johars Ohr und schlängelt sich den Hals hinab.

»Nein. Ich habe andere Pläne.«

»Was soll das Spielchen, Johar? Du hast ein anderes Angebot, ist es das, was du mir sagen willst?«

»Nein, ich spreche nicht von beruflichen Plänen.«

»Wie das?« Carl schweigt einen Moment, dann fragt er weiter: »Sag mir noch mal, wie alt bist du, Johar?«

Für Kinder eher zu alt, antwortet Johar innerlich, sie versucht, über Carls grobe Frage hinwegzusehen und so zu tun, als hätte sie sie nicht verstanden.

»Sieh mal, Carl, Oryx hat mir erlaubt, auf vielen Gebieten tätig zu sein, und zwar in verantwortungsvollen Positionen. Ich darf von mir behaupten, ohne prahlen zu wollen, dass ich maßgeblich zum Wachstum und zur Neuausrichtung des Unternehmens beigetragen habe. Aber jetzt …«

»Verschone mich mit deinen Plattitüden. Ich bin Besseres von dir gewohnt. Bist du wirklich gerade dabei, den Job abzulehnen? Weil wenn das eine Taktik ist, um etwas zu bekommen, dann ist sie zu subtil für mich.«

»Ich bin wirklich dabei, den Job abzulehnen.«

»Und die Konsequenzen deiner Entscheidung sind dir bewusst?« Carl platzt fast vor Ärger. »Nein, sicher nicht. Du redest davon, wie sehr du an dem Unternehmen hängst, aber weißt du auch, was du ihm antust? Und was du mir antust?«

Erst demütigt er mich, dann versucht er es auf die Mitleidstour, denkt Johar. Er maßt sich an, sich über meine vermeintliche Taktik lustig zu machen, wo doch seine mehr als durchschaubar ist.

»Du weißt sehr gut, dass ich nicht unersetzbar bin bei Oryx. Das gehört zu den ersten Dingen, die du mir beigebracht hast: Niemand ist in einem Unternehmen unersetzbar. Wir haben das jahrelang demonstriert, du und ich.«

»Ich weiß nicht, was du vorhast, aber ich möchte dich daran erinnern – wie auch immer deine Pläne aussehen, ich kann sie zunichtemachen. Wenn du Lektion Nummer eins behalten hast, wirst du dich wohl auch an Lektion Nummer zwei erinnern: Ich bin kein Mann, dem man etwas abschlägt.«

Jetzt also eine Drohung. Johar schließt die Augen, als könnte die Dunkelheit Carls Worte verschlucken. Aber die Worte prasseln weiter auf sie ein. Carl spuckt sie wütend aus. Carl schreit seine Panik heraus. Dann, nach einer Weile, als hätte er seinen Ausbruch selbst satt, beruhigt er sich.

»Du bleibst also bei deiner Entscheidung?«

»Ja.«

»Gut. Pascal wird alles Nötige für deinen Weggang veranlassen.«

»In Ordnung.«

»Darf ich selbstverständlich davon ausgehen, dass es weder diese Unterredung noch mein Angebot jemals gegeben hat?«

»Ja. Du kannst unbesorgt sein.«

Carl legt auf. Sie hängt einen Moment ihren Gedanken nach, ruft sich ins Gedächtnis, was sie eigentlich hatte sagen wollen: Worte des Trosts und der Anerkennung, Worte, mit denen sie festhalten wollte, was sie gemeinsam erreicht hatten. Sie war noch immer zu arglos.

Die Heftigkeit des Gesprächs steckt ihr in den Knochen, aber langsam entspannt sich Johar, sie spürt wieder Blut durch ihre Arme fließen, sieht die Farbe in ihre Finger zurückkehren. Sie hat einiges einstecken müssen, aber in ihr vibriert noch immer Leben, sie kann es fühlen.

30

Im Flur ist es jetzt dunkel. Johar tastet sich die wenigen Meter zum Zimmer vor.

»Claudia? Ich bin so weit. Was soll ich tun?«

Sie hat das Gefühl, Claudia von weit her aus ihren Gedanken zu reißen. Claudia hebt eine große Reisetasche hoch, die vor ihren Füßen stand, und legt sich den Riemen über die Schulter.

»Bleibt es dabei, dass ich die anderen ablenken soll, während du gehst?«, fragt Johar.

Claudia nickt stumm.

»Gut. Dann gehe ich als Erste rüber. Ich sorge dafür, dass sie mir in die Küche folgen, und erzähle ihnen etwas, das sie eine Weile in Schach halten wird. Ist das in Ordnung für dich?«

Die beiden Frauen gehen schweigend über den Flur. In ein paar Minuten wird Claudia hinter der schweren gepanzerten Tür verschwinden und vermutlich auch aus Johars Leben. Johar möchte ihr erzählen, was sie gerade unwissentlich in ihrem Leben ausgelöst hat. Sie möchte sie gerne ermutigen, ihren eigenen Weg zu gehen, ganz gleich welchen. Stattdessen beschränkt sie sich darauf, Claudia sanft den Arm zu drücken.

Johar geht entschlossen und mit ruhigen Schritten. In das schützende Dunkel des Flurs gehüllt, betrachtet Claudia den still daliegenden Salon, ihr Blick ruht kurz auf dem breitem Rücken von Étienne, der alleine am Tisch sitzt. Heute Abend habe ich aufgehört, meine Existenz nur zu ertragen, denkt Claudia. Heute Abend habe ich mir versprochen, mich ins Leben zu stürzen.

Leise ruft sie Johar.

Die dreht sich überrascht um: »Ja?«

»Ich werde doch mit ihm reden. Setz dich bitte nur in den Salon.«

Étienne, der sich beim Klang ihrer Stimmen umgedreht hat, mustert sie nun neugierig. Claudia geht zur Wohnungstür, öffnet sie und wartet auf der Schwelle, eine Hand am Griff, dass Étienne zu ihr kommt. Während er auf sie zukommt, verzerrt ein verärgerter Ausdruck seinen schönen Mund, und als er sich noch mit der großen Hand durch seine widerspenstigen Haare fährt und seine zusammengekniffenen Brauen sichtbar werden, klammert sich Claudia an ihr unbändiges Verlangen nach Liebe, das sie zuvor ergriffen hatte. Sie richtet sich auf. Sie denkt an das kleine Leben, das sie verlassen hat, ohne dass Gelegenheit gewesen wäre, sich über es zu freuen. Dieses Leben gehört zu mir, und nur zu mir, geht Claudia durch den Kopf, es hat sich in meinen Körper eingeschrieben, und auf gewisse Weise wird es dort immer bleiben. Sie beschließt, Étienne nichts von dem Kind zu sagen.

»Claudia, was ist denn los mit dir? Wo willst du hin, so mir nichts, dir nichts?«, fragt Étienne und stellt sich zwischen sie und die Tür.

Ich habe noch nie jemanden verlassen, denkt Claudia, ich weiß nicht, was man da sagt. Sie schaut Richtung Salon und sieht das aufmunternde Kopfnicken von Johar.

»Ich gehe«, beginnt sie.

»Du gehst?«, zischt Étienne, sein Gesicht ganz nah an ihrem. »Was redest du da, wir sind mitten in einem Abendessen, wo gehst du hin?«

»Ich gehe für immer.«

Étiennes Kiefer spannt sich an.

»Ich sehe nicht, wie wir gemeinsam glücklich sein können, Étienne. Da ist keine Zuneigung, kein Begehren zwischen uns. Heute Abend ist mir klar geworden, dass unsere Beziehung keinen Sinn hat, oder keinen mehr, und ich glaube, du weißt das längst.«

»Und da ist dir kein besserer Moment eingefallen, mir das zu sagen?«

»Entschuldige. Aber es ist etwas passiert. Ich muss jetzt gehen und wollte es dir sagen. Vergiss mal einen Moment das Essen und denk an uns, Étienne. Einer von uns musste doch den Mut haben, diese pathetische Komödie zu beenden.«

»Jetzt ist aber Schluss mit dem Theater, Claudia, bitte. Was auch immer mit dir los ist und was du mir auch zu sagen hast, das kann warten, bis wir unter uns sind.«

Étienne versucht, seine Stimme im Zaum zu halten, aber ihr ruhiger Klang wird von Wut durchbohrt. Er sieht Claudia an, sieht ihren zierlichen Hals, ganz nah bei seiner großen Hand. Er sucht ihr Gesicht nach Anzeichen von Nervosität ab, nach einem Zucken um ihren Mund. Die in ihm aufsteigende Wut prallt an Claudias erstaunlicher Selbstsicherheit ab. Verwirrt nimmt er wieder jene Mischung aus Entschlossenheit und Sanftheit an ihr wahr, die ihn an seiner Physiotherapeutin so fasziniert hatte. Er hört sie sagen, dass sie entscheiden kann, was für sie und ihn gut ist. Er möchte sie zermalmen, sie zu Boden werfen und mit den Füßen nachtreten, wieder und wieder, um sie für das zu bestrafen, was sie ihm antut.

Aber Claudia fährt fort: »Nein, das kann nicht warten. Hör mir zu. Du kennst mich nicht, du willst mich gar nicht kennen. Ich habe dein Werben für Liebe gehalten, aber davon ist nichts mehr zu spüren. Du zeigst dich mir nicht, du gibst mir nichts von dir. Vielleicht suchst du eine Gesellschaftsdame, eine Verwalterin, aber ich will Begehren und Zärtlichkeit. Ich will Vertrauen und gemeinsame Träume. Ich brauche Liebe.«

Claudias Stimme war lauter geworden. Johar sieht zu ihnen hin. Claudia hält sich an ihrem Blick fest. Étienne spürt, wie sich Johars Pupillen in seine Schulterblätter bohren. Er fragt sich, ob sie die Welle des Zorns, die sich seine Wirbelsäule hochschiebt, sehen kann. Er versucht, das Zittern seiner Hand am Türknauf unter Kontrolle zu bringen. Das Messing unter seinen eisigen Fingergliedern fühlt sich erstaunlich warm an. Er zögert einen Augenblick, macht einen Schritt zurück. Claudia ergreift den Moment und schiebt sich aus der Tür.

31

Das Zufallen der Tür entreißt Rémi Manons zärtlicher Stimme.

»Ich muss auflegen, ich rufe noch mal an.«

Rémis heftiges Herzklopfen lässt ihn wanken, der Abgrund ist wieder bedrohlich nah. Sein in Aufruhr versetztes Gehirn versucht, das Geräusch zu deuten, das eben zu ihm vorgedrungen ist. Etwas Schlimmes muss passiert sein, sicher hat Claudia Johar alles erzählt, und die hat jetzt mit wehenden Fahnen die Wohnung verlassen. Er verlässt den Balkon, die Hand fest am Türrahmen. Das Esszimmer liegt verlassen da, herrschaftlich erleuchtet kommt es ihm vor wie eine Bühne vor dem Auftritt der Schauspieler. Im Kontrast dazu ist der Salon ins Halbdunkel getaucht und wird nur zurückhaltend von einem kleinen Globus auf einem niedrigen Tisch erhellt. Rémi entdeckt Johar, still und ruhig sitzt sie auf dem Sofa, die Augen auf die Wohnungstür gerichtet. Ein Seufzer der Erleichterung entfährt ihm.

Rémi geht zu ihr, aber noch bevor er sie fragen kann, was passiert war, stößt Étienne zu ihnen. Sein

Gesicht, auf dem das blasse Licht gräulich widerscheint, wirkt wie eine Maske der Commedia dell'arte.

»Claudia ging es nicht gut heute Abend«, sagt er mit zu hoher Stimme. »Es tut ihr leid, dass sie sich nicht verabschieden konnte, bevor sie gegangen ist. Setz dich, Rémi.«

Rémi nimmt an Johars Seite Platz auf der Zuschauerbank. Étienne setzt sich in den Sessel gegenüber. Unter der Maske aus Pappmaché funkelt in seinen vom Halbdunkel des Raumes geweiteten Pupillen ein Anflug von Wahnsinn. Rémi schaut nach unten, um dem kalten Glanz auszuweichen. Sein Blick fällt auf einen Schokoladenfleck auf seinem unteren Bauch, genau dort, wo eine kleine Fettwulst die Knöpfe seines Hemdes auseinanderspannt. Er beginnt, mit dem Fingernagel an der braunen Scheibe herumzukratzen.

Johar umarmt mit ineinander verschränkten Fingern ihr Knie und schaukelt langsam vor und zurück. Kurz fängt sie Rémis Blick auf.

»Vielleicht sollten wir gehen«, setzt sie an, aber Étienne unterbricht sie prompt, mit automatenhafter Stimme.

»Möchte jemand einen Kaffee, entkoffeiniert?«

»Nein danke, Étienne.«

»Ihr könnt jetzt noch nicht gehen. Wir hatten

kaum Zeit, uns über deine Ernennung zu unterhalten, Johar. Du sagtest, du möchtest noch über die vertraulichen Informationen nachdenken, die ich dir gegeben habe. Meiner Meinung nach solltest du dir damit nicht zu viel Zeit lassen. Man muss das Eisen schmieden, solange es heiß ist. Wir könnten zusammen eine Verhandlungsstrategie ausarbeiten, jetzt, damit du Carl noch heute Abend anrufen kannst.«

Rémi betrachtet den unbeweglichen Gesichtsausdruck seiner Frau, dann Étiennes verkrampfte Körperhaltung. Worüber reden die beiden?, fragt er sich.

»Ich habe eben mit Carl gesprochen«, sagt Johar ungerührt.

Étiennes Gesichtszüge versteinern. Die drei großen Furchen auf seiner Stirn graben sich noch tiefer ein als sonst.

»Er möchte mich nicht mehr auf diesem Posten. Er hat seine Pläne geändert.«

Dann wiederholt sie sehr langsam: »Ich werde nicht CEO von Oryx.«

Rémi vernimmt in der Stimme seiner Frau keinen Unterton der Enttäuschung. Er sucht nach Worten des Trostes, findet keine. Er wehrt den perfiden Gedanken ab, dass diese Umkehr der Lage sein Versprechen an Manon gefährden könnte.

Étienne entfährt ein ersticktes Lachen.

»Das ist unmöglich. Das kann Carl nicht tun. Dir ein Angebot machen und es sich dann anders überlegen. Das wäre mehr als dilettantisch.«

Johar zuckt nur die Schultern.

»Das ist unmöglich«, beharrt Étienne. »Alexandra hat mir vor nicht einmal einer Stunde bestätigt, dass du der Dreh- und Angelpunkt dieser Fusion bist. Ohne dich wird sie nicht stattfinden.«

»Ich habe eben lange mit ihm gesprochen«, antwortet Johar. »Es gibt nicht den Hauch eines Zweifels.«

Um Étienne keine Gelegenheit zu geben, das Offensichtliche weiter zu leugnen, beeilt sich Johar hinzuzufügen: »Wir gehen jetzt, Étienne. Ich bin müde.«

Rémi steht auf. Nach einem letzten bedauernden Blick zum Tisch, wo der Berg cremiger Mousse au Chocolat nahezu unangetastet steht, folgt er Johar zum Eingangsflur, drückt ihr sanft den Arm. Sie lächelt über die Geste des Trostes, mit der sie selbst kurz zuvor Claudia bedacht hatte. Wir sind wie Klone geworden, Rémi und ich, denkt Johar. Fünfzehn gemeinsame Jahre, in denen wir unsere eigene Zeichensprache entwickelt haben.

Rémis Hand ruht weiter auf ihr, er sucht im vertrauten Kontakt mit ihrem Körper, den er in- und auswendig kennt, eine Antwort auf die marternden Fragen, einen Hinweis auf die Richtung, die er einschlagen muss.

Étienne geleitet sie wortlos. Als Johar die Tür öffnet, winselt er nur: »Eine letzte Frage: Weißt du, ob die Fusion trotzdem stattfinden wird?«

»Ich weiß es nicht«, murmelt Johar. »Vielleicht. Wahrscheinlich. Carl ist keiner, der aufgibt. Er wird sein Ziel erreichen.«

Dann schlüpfen Rémi und Johar hinaus. Im Treppenhaus geht das Licht an. Erleichtert betrachtet Rémi das changierende Rot des Läufers auf den Holzstufen. Hinter ihm fällt der Vorhang, er dreht sich nicht um zu dem traurigen König, der heute Abend ihr Gastgeber war.

32

Étienne setzt sich, die Knie fallen auseinander, die Arme liegen rechts und links weit abgestreckt auf der Sofalehne. Er fragt sich, wo Claudia so spät hingegangen sein kann. Sie hat ihm stets den Eindruck vermittelt, keine anderen festen Bindungen zu haben. Eine hübsche junge Frau, hin und her getrieben vom Leben, sodass er sie an sich fesseln konnte. Vielleicht wird sie in ein paar Minuten zurück sein, oder in ein paar Stunden, voller Gewissensbisse und bettelnd, damit er sie wieder aufnähme. Er wünscht sich, dass es genau so kommt, nur um der Freude willen, sie vor die Tür zu setzen oder, noch besser, sie schluchzend vor der fest verschlossenen Tür sitzen zu lassen, bis ein entnervter Nachbar sie bitten würde, woanders weiterzuheulen. Er denkt zurück an seinen ersten Termin bei der Physiotherapeutin mit der erregenden Schüchternheit, an die Lust, die er verspürt hatte, jene unverbrauchten Hände zu besitzen, mit denen sie seinen bretthharten Rücken weichknetete. Im Vergleich mit dem Durchschnitt seiner Eroberungen, war er erstaunlich lange von Claudia besessen gewesen. Vielleicht weil ihre krankhafte Zurückhaltung seine Annäherungsversuche so erschwert hatte. Später dachte er immer, sie wäre die ideale Kandidatin für sein Leben als ordentlicher Mann: Sie schien seine Wirkung auf andere Frauen gar nicht zu bemerken, sie schätzte sich selbst zu wenig, um ihm gegenüber etwas anderes als Anerkennung zu empfinden, sie war zu verhalten, um ihn in seiner Freiheit einzuschränken. Welche verschlungenen Wege hatten das ängstliche Vögelchen dazu geführt, sein Recht auf Liebe heute Abend so entschlossen einzufordern?

Étienne ruft sich Rémis Worte von vorhin in Erinnerung, wie er ihm genüsslich ins Gesicht gesagt hatte, dass sein Wunsch, eine Familie zu gründen, aus ihm einen alten Esel machte. Rémi hat sich von Neid leiten lassen, vermutet Étienne. Er musste wohl seinen Frust ablassen angesichts der Scherben seiner Ehe mit Johar. Sein Ausfall war vollkommen haltlos. Oder hat Rémi am Ende doch Recht? Die Entscheidung, was für Étienne gut oder schlecht ist, liegt nicht bei Claudia. Er ist immer Herr seiner Entscheidungen gewesen und würde es weiter bleiben. Claudia hat nichts begriffen. Soll sie doch in ihr kleines Leben zurückgehen, zur eintönigen Parade ihrer armen Patienten, in ihren freudlosen und einsamen Alltag, aus dem ihr Leben vor ihm bestanden hatte. Soll sie sich doch in irgendeinem Loch unterm Dach einmieten, wo sie zwischen Schrank und Küche pinkeln geht. Sie hätte es gut haben können an seiner Seite, ferne Länder entdecken können, in die ihre plumpen Eltern sie nie mitgenommen haben, sie hätte von seiner Erfahrung zehren können, und von seinem Wissen. Sie hätte eine interessante, kultivierte, reiche Frau werden können. Er würde sie am liebsten anrufen und seine Wut an ihr ausbrüllen. Vorhin hatte er es nicht tun können, zu sehr darauf bedacht, dass Johar nicht mitbekommt, was vor sich geht. Er hat sich idiotischerweise gezwungen zu schweigen, um nicht diejenige zu vergrätzen, die sich nur wenige Minuten später als absolut unbrauchbar für seine Belange erweisen sollte. Das Einzige, was ihn jetzt tröstet, ist, sich Johars Enttäuschung auszumalen. Er hat sehr wohl gesehen, dass sie ihm nicht alles gesagt hat, dass sie versucht hat, sich zu schützen. Aber die Wirklichkeit ist gnadenlos, so viel ist Étienne klar: Sie, die sich auf dem Gipfel wähnte, sie, die ihn den ganzen Abend lang mit ihrer unerträglichen Arroganz gekränkt hatte, sie, die mit ihm spielen wollte wie die Katze mit der Maus, stürzt jetzt einsam ab.

Étienne steht auf, wandert unruhig um die Sessel, holt hektisch sein Telefon heraus, steckt es wieder ein. Er verkneift sich den Anruf bei Claudia, die Ehre will er ihr nicht erweisen. Er könnte Alexandra noch einmal anrufen, aber wozu sollte es gut sein, ihr seinen Schiffbruch zu beichten. Kurz überlegt er, die hübsche Praktikantin, Léa, anzurufen. In irgendeiner E-Mail würde er ihre Nummer schon finden, allerdings könnte er einen weiteren Korb jetzt nicht ertragen.

Heute Abend fühlt Étienne sich verlassen. Er setzt sich auf den Teppich, die Arme um die Knie geschlungen, mit hängendem Kopf. Beim Blick durchs Fenster erahnt er die eintönige Reihung der Platanen am Straßenrand, ihre tadellos getrimmten Baumkronen. Wie sich mein Horizont verengt hat, denkt Étienne. Ich bin eine Ratte und renne durch meinen Käfig, der ist zwar ein wenig größer als Claudias, aber macht das einen Unterschied? Ich verschlinge gierig und willig die Träume, mit denen man mich füttert, Träume von Familie, von Karriere, von Besitz. Étienne lässt sich auf die Seite fallen und liegt jetzt ausgestreckt auf dem Boden, die Augen an den Deckenstuck geheftet. Von ganz tief unten drückt sich etwas hoch, und er möchte weinen, eine feuchte Wut, die einen Weg nach draußen sucht.

Er presst zwei Finger auf seine Augäpfel, atmet langsam. Er wird nicht weinen. Er wird sich nicht selbst bemitleiden. Er wird sich nicht der kindischen Wehmut seiner verlorenen Träume hingeben. Er richtet sich auf, zwingt sich, die Wände um ihn herum zu betrachten, die hundertjährige Weisheit seiner Wohnung, die mit sicherem Geschmack ausgewählten Möbel und anderen Gegenstände, die Bücher, von denen jedes einzelne Zeuge seiner Zugehörigkeit zur Geschichte und Kultur der Oberschicht ist.

Claudia ist ersetzbar und wird ersetzt werden, beschließt Étienne, und bei Carl hole ich mir dieses Mandat, mit den Zähnen, wenn es sein muss.

Étienne gehört nicht der Kategorie Menschen an, die einer Sache lange nachtrauern. Er gehört zu denen, die die Welt gestalten.

33

Johar betrachtet den orangen Schein der Laternen auf dem Gehsteig. Sie geht langsam, sieht ihren Schatten sich strecken, verschwinden, im nächsten Kreis wieder auftauchen. Ihre Schritte hallen auf dem Asphalt wider. Endlich scheint Paris Ruhe gefunden zu haben. Vor ihr zweigt eine schmale Straße vom Boulevard ab in Richtung Zentrum. Das Gebäude im Schwitzkasten zwischen den beiden Straßen steht spitz hervor und reckt stolz seine Balkone voraus wie ein Schiff seine Galionsfigur. Johar lässt ihren Blick über die Fassade wandern, über die steinerne Brust hinauf zum sternenlosen Himmel.

Dann kehren ihre Sinne zu Rémi zurück.

»Wo gehst du denn hin, Johar? Soll ich nicht lieber ein Taxi rufen?«

»Ich möchte gerne nach Hause laufen.«

»Laufen? Aber da brauchen wir zwei Stunden!«

»Wir sehen ja, wie weit wir kommen. Wir haben Zeit.«

»Johar …«

Johar bleibt stehen. Rémi sieht sie besorgt an.

»Wie fühlst du dich?«, fragt er sie.

»Ich weiß nicht.«

Rémi steht vor ihr. Die Dunkelheit verleiht seinem für gewöhnlich offenen Gesicht einen finsteren Ausdruck. Auf seinen unrasierten Wangen zeichnen sich deutlich die mahlenden Kiefermuskeln ab. Er kneift seine grau umringten Augen und dichten Brauen zusammen, wie um besser ausmachen zu können, was hinter der unbewegten Miene seiner Frau vor sich geht. Johar ist ihm eine Erklärung schuldig. Aber es sind so viele Dinge passiert heute Abend, dass sie gar nicht weiß, womit sie anfangen soll. Sie hakt sich bei Rémi ein und geht weiter. Sie braucht ein paar Minuten, um die richtigen Worte zu finden. Ihr fällt auf, dass Rémi sich schwer in ihren Arm hängt, als lastete ihr Schweigen auf ihm.

»Johar, ich muss dir was sagen.«

Johar verlangsamt ihren Schritt. Überrascht begreift sie, dass er nicht darauf wartet, dass sie spricht. Sie soll ihm zuhören.

»Das ist jetzt wahrscheinlich der schlechteste Moment, Johar, aber ich kann das nicht, ich kann dich nicht länger anlügen.«

Johar hält kaum merklich kurz inne. Dabei weiß sie es doch, sie hat schon lange geahnt, dass er eine

Geliebte hat, aber immer gedacht, sie wäre nur ein Zeitvertreib, nicht von Bedeutung. Sie hat immer daran geglaubt, dass ihre gemeinsame Geschichte mit ihnen beiden enden würde, und nicht zu dritt. Sie spürt einen Stich der Enttäuschung und Wut. Sie versucht, klar zu denken. Natürlich ist es ebenso Rémis Recht, seinen Weg zu wählen.

»Willst du mir von der anderen Frau erzählen?«, sagt sie leise.

Rémi starrt sie sprachlos an.

»Komm weiter, Rémi«, fährt Johar fort. »Ich erinnere dich daran, dass wir zwei Stunden Marsch vor uns haben.«

Sie schaut jetzt nach vorne und spürt, dass Rémi dasselbe tut. Das Gehen kommt ihnen zu Hilfe: Sie haben Kreuzungen und Abzweigungen im Blick, ihre Stimmen klingen nebeneinander her, statt sich zu überbieten.

»Ich hätte nie gedacht, dass ich dich jemals betrügen könnte, weißt du. Ich fand das immer feige, zu banal für uns. Aber es ist passiert. Am Anfang habe ich Bestätigung gesucht, vielleicht war es auch ein bisschen das Bedürfnis, mich für etwas zu entschädigen – nicht für dich, eher für dieses Leben, in dem ich das Gefühl habe, es nicht zu viel gebracht zu haben. Und dann habe ich mich dummerweise verliebt.«

»Verliebt?«

»Ja. Ich habe nicht damit gerechnet. Sie ist so viel jünger als ich, und so anders.«

»Rémi, ich glaube, mehr möchte ich gar nicht wissen.«

»Entschuldige.«

»Es tut weh, aber ich verstehe dich. Ich verstehe, dass du noch mal verliebt sein wolltest. Ich verstehe, dass unsere Verbundenheit dir nicht mehr reicht.«

»Ich hatte das Gefühl zu vertrocknen, Johar.«

»Ich weiß. Ich auch.«

Erstaunt nimmt Johar den Bruch in ihrer Stimme wahr. Sie empfindet keine Traurigkeit, sondern tiefe Nostalgie.

»Wenn du es doch geahnt hast, warum hast du nichts gesagt?«, fragt Rémi.

»Ich weiß nicht. Ich habe abgewartet. Ich denke, ich wollte unbewusst abwarten, bis ich verstehe, was das alles für mich bedeutet, ich wollte wissen, wo es für mich hingeht.«

»Und?«

»Ich habe dir auch was zu sagen, Rémi. Es war nicht Carl, der seine Meinung zu dem Posten geändert hat. Ich habe ihn nicht mehr gewollt. Ich brauche eine Pause. Ich muss mir über ein paar Dinge klar werden, über mich und meine Familie.

Es klingt vielleicht banal, aber ich habe das Gefühl, mich selbst aus dem Blick verloren zu haben.«

Rémi schweigt einen Moment.

»Und was hast du vor?«

»Ich fliege morgen nach Tunesien. Zur Beerdigung meines Großvaters. Ich werde so lange bleiben wie nötig.«

Johar spürt, wie Rémi ihren Arm fester drückt. Eine Sirene zerreißt den stillen Abend. Johar blickt auf, betrachtet die fabelhaften Umrisse der Bäume in der Nacht. Kurz glaubt sie, in den Zweigen eine Bewegung zu erkennen, sie stellt sich die gelben Augen einer Eule vor, die sie betrachten. Die Sirene ist verstummt. Johar lauscht der wiedergefundenen Ruhe in der Stadt nach. Ihr fällt auf, dass Rémi, wahrscheinlich ganz unbewusst, seinen Schritt dem ihren angepasst hat. Auf dem Asphalt des Boulevard Raspail gleiten zwei Schatten im Einklang, lauschen zwei Schweigende ihrer Stille.

34

»Ist Ihnen der Sender recht?«

Die Stimme des Taxifahrers reißt Claudia aus ihren Gedanken.

»Ja, ist er, danke.«

Sie hatte der Musik bislang gar keine Beachtung geschenkt. Nun hört sie hin. Aus den Lautsprechern erklingt die melancholische Stimme von Otis Redding, der das Ein- und Auslaufen der Schiffe besingt. Claudia würde auch gerne, wie Otis, die Zeit vorbeistreichen lassen, sich vom Geplätscher der eingeschlafenen Stadt betäuben und vom Schaukeln das Wagens, der sie ins Krankenhaus bringt, einlullen lassen. Sie stellt sich vor, wie sie die Augen schließt, einschläft, und der Fahrer sie, weil er sie nicht wecken möchte, immer weiter durch die Straßen der Hauptstadt fährt, ohne anzuhalten.

Sie öffnet das Fenster und streckt den Kopf hinaus, bis ein sanfter Wind ihr über das Gesicht streicht. Sie schaut nach oben, zur schwarzen Silhouette der abscheulichen Tour Montparnasse. Wir sind gleich da, denkt sie. Noch ein paar Minuten, dann stehen wir vor dem Eingang des Krankenhauses. Sie stellt sich den anstehenden Termin mit Dr. Edelman vor, hofft auf Trost, den sie mit ihrer tiefen Stimme verspricht. Schon gleich würde sie einen vom vielen Waschen filzig gewordenen Baumwollkittel anziehen, sich in einen Untersuchungsstuhl auf eine Papierdecke legen und ihren Körper den erfahrenen Händen und der Behandlung der Ärztin überlassen. Sie weiß nicht, ob sie eine Narkose brauchen wird, um die Überreste des Nests abzutragen, das sie tief in ihrem Bauch sorgfältig gebaut hatte. Der Gedanke, nicht bei Bewusstsein zu sein, im Nebel eines künstlichen Schlafes abzutauchen, stimmt sie heiter. Sie fühlt sich erschöpft, aufgewühlt von der Diskussion mit Étienne, unfähig, über die nächsten Schritte nachzudenken. Sie möchte vergessen, dass sie – ganz gleich wie lange sie im Krankenhaus liegen würde, Minuten, Stunden, höchstens eine Nacht – eine Wohnung suchen, jeden Morgen aufstehen und zur Arbeit gehen, dass sie die Basis für ein neues Leben setzen muss.

An einer Ampel bleibt das Taxi stehen. Claudia denkt an den beinahe animalischen Instinkt, mit dem Johar ihr zu Hilfe geeilt war, und an die Sicherheit, mit der sie selbst sich Johar anvertraut hatte. Sie ist fasziniert davon, wie menschliche Leben manchmal miteinander in Verbindung treten können. Sie atmet tief ein und langsam aus.

»Geht es Ihnen gut?«, fragt der Fahrer.

»Ja«, antwortet Claudia, »es wird alles gut.«

Sie könnte eine Zeit lang bei Paola wohnen. Sie weiß, dass ihre Schwester sie aus dem Krankenhaus abholen wird, egal um welche Uhrzeit sie sie anrufen würde, dass Paola sie mit ihrer kleinen italienischen Kaffeemaschine und der Wärme ihrer Küche trösten würde, dass sie sie mit Liebe umsorgen wird. Und dann, was wird dann aus dir?, hört sie eine penetrante innere Stimme fragen. Dann, antwortet Claudia, dann nehme ich mir Zeit für mich. Ich werde die ungeahnte Traurigkeit akzeptieren, die seltsame und unvermutet große Leere betrachten, die dieses Leben in meinem Körper hinterlassen hat. Und ich werde diese neue Kraft für immer zu meiner machen, das wilde Verlangen nach Leben und Liebe nicht einschlafen lassen.

»Wir sind da.«

Vor ihr ragt unerschütterlich der wuchtige Korpus des Krankenhauses auf. Claudia verharrt einen Moment auf dem Gehweg. Bald geht die Sonne auf. Claudia ist bereit dafür.